泉州文庫

饒宗頤 題

釣磯詩集　（宋）丘葵 著　何丙仲 點校
心泉學詩稿　（宋）蒲壽宬 著　廖淵泉 點校

泉州文庫整理出版委員會
商務印書館

前　言

　　泉州建制一千三百多年，爲中國歷史文化名城和古代海外交通的重要港口。"比屋弦誦，人文爲閩最"，素稱海濱鄒魯、文獻之邦。代有經邦緯國、出類拔萃之才，歐陽詹、曾公亮、蘇頌、蔡清、王慎中、俞大猷、李贄、鄭成功、李光地等一大批傑出人物留下了大量具有歷史、文學、藝術、哲學、軍事、經濟價値的文化遺産。據不完全統計，見載於史籍的著作家有一千四百二十六人，著作多達三千七百三十九種，其中唐五代二十九人三十二種，宋代二百人三百九十一種，元代二十一人四十種，明代五百三十六人一千五百八十五種，清代六百四十人一千六百九十一種；收入《四庫全書》一百一十五家一百六十四種，《四庫全書存目叢書》五十六家七十四種，《續修四庫全書》十四家十七種。二〇〇八年國務院頒布第一批國家珍貴古籍名錄，屬泉人著述、出版者十三種。

　　遺憾的是，雖然泉州典籍贍富，每一時代都有一批重要著作相繼問世，但歷經歲月淘汰、劫難摧殘，加上庋藏環境不良，遺存至今十無二三，多成珍籍孤本。這些文化遺産，是歷史的見證，是泉州人民同時也是中華民族的寶貴文化財富，亟待搶救保護，古爲今用。

　　對泉州地方文獻的搜集與整理，最早有南宋嘉定年間的《清源文集》十卷，明萬曆二十五年《清源文獻》十八卷繼出，入清則有《清源文獻纂續合編》三十六卷問世。這些文獻彙編，或已佚失，或存本極少。二十世紀四十年代，泉州成立"晋江文獻整理委員會"，準備整理出版歷代泉人著作，因經費短缺未果。八十年代，地方文史界發起研究"泉州學"，再次計劃編輯地方文獻叢書，可惜後來也因爲各種條件的限制，其事遂寢。但是這兩次努力，爲地方文獻叢書的整理出版做了準備，留下了珍貴的文獻資料和書目彙編。

　　二〇〇五年三月，中共泉州市委、泉州市政府決定將地方文獻叢書出版工作列爲國民經濟和社會發展第十一個五年規劃的一項文化工程。翌年，正式成立"泉州地方典籍《泉州文庫》整理出版委員會"，着手對分散庋藏於全國各大圖書館及民間的古籍進行調查搜集，整理出《泉州文庫備考書目》二百六十七家六百一十四種，以後又陸續檢索出遺漏書目近百家一百八十餘種。經過省內外專家學者多次論證，最後篩選出一百五十部二百五十餘種著作，組成一套有一定規模、自成體系、比較完整，可以概括泉人著作風貌、反映泉州千餘年文化發展脉絡的地方文獻叢書，取名《泉州文庫》，二〇一一年起陸續出版發行。

整理出版《泉州文庫》的宗旨是：遵循國家的文化方針政策，保護和利用珍貴文獻典籍，以期繼承發揚中華民族優秀文化傳統，增進民族團結，維護國家統一，提高民族自信心和凝聚力，加強社會主義核心價值體系建設，增强文化軟實力，爲泉州的物質文明和精神文明建設服務。

《泉州文庫》始唐迄清，原著點校，收錄標準着眼於學術性、科學性、文學性、地域性、原創性、權威性，具有全國重要影響和著名歷史人物的代表作優先。所錄著作涵蓋泉州各縣（市、區），包括金門縣及歷史上泉州府屬同安縣，曾在泉州任職、寄寓、活動過的非泉籍人氏的作品，則取其內容與泉州密切相關的專門著作。文庫採用繁體字橫排印刷，內容涉及政治、經濟、歷史、地理、哲學、宗教、軍事、語言文字、文化教育、文學藝術、科學技術等領域，其中不乏孤稀珍罕舊槧秘笈，堪稱溫陵文獻之幟志。

值此《泉州文庫》出版之際，謹向各支持單位、個人和參加點校的專家學者表示誠摯的感謝！由於涉及的學科和內容至爲廣泛，工作底本每有蛀蝕脫漏，加之書成衆手，雖經反復校勘，但限於水平，不足或錯誤之處還是難免，敬請讀者批評指教。

泉州地方典籍《泉州文庫》整理出版委員會
二〇一一年三月

整理凡例

一、《泉州文庫》（以下簡稱"文庫"）收錄對象爲有關泉州的專門著作和泉州籍人士（包括長期寓居泉州的著名人物）著作，地域範圍爲泉州一府七縣，即晉江（包括現在的晉江市、石獅市、鯉城區、豐澤區、洛江區）、南安、惠安（包括泉港區）、同安（包括金門縣）、安溪、永春、德化。成書下限爲一九四九年九月以前（個別選題酌情下延）。選題內容以文學藝術、歷史、地理、哲學、政治、軍事、科技、語言教育等文化典籍爲主，以發掘珍本、孤本爲重點，有全國性影響、學術價值高、富有原創性著作優先，兼及零散資料匯總。

二、每種著作盡量收集不同版本進行比較，選擇其中年代較早、內容完整、校刻最精的版本爲工作底本，并與有關史籍、筆記、文集、叢書參校，文字擇善而從。

三、尊重原著，作者原有注釋與説明文字概予保留。後來增加者，則視其價值取捨。

四、凡底本訛誤衍漏，增字以[ ]表示，正字以（ ）表示，難辨或無法補正的缺脱文字以□表示，明顯錯字徑直改正，均不作校記。

五、凡底本與其他版本文字差異，各有所長，取捨兩難，或原文脱訛嚴重致點讀困難，或史實明顯錯誤者，正文仍從底本，而於篇末校勘記中説明。

六、凡人名、地名、官名脱誤者，均予改正，訛誤而又查不到出處之人名、地名、官名及少數民族部落名同異譯者，依原文不予改動。

七、少數民族名稱凡帶有侮辱性的字樣，除舊史中習見的泛稱以外，均加引號以示區别，并於校記中説明。

八、標點符號執行一九九六年實施的國家《標點符號用法》。文庫點校循新版二十四史及《清史稿》例，一般不使用破折號和省略號。

九、原文不分段者，按文意自然分段。

十、凡異體字、俗體字、通假字，如非人名、地名，改動又無關文旨者，一般改爲通用字；異體字已經約定俗成、容易辨認者不改。個別著作爲保持原本文字語言風貌，其通假字則不校改。

十一、避諱字、缺筆字盡量改正。早期因避諱所產生的詞彙成爲習慣者不改正。

十二、古籍行文中涉及國家、朝廷、皇帝、上司、宗族等所用抬頭格式均予取消。

十三、文庫一般一册收錄一種著作，篇幅小的著作由兩種或若干種組成一册，篇幅大的著作則分成兩册或若干册。

十四、文庫採用橫排、繁體字印刷出版。每册前置前言、凡例。每種著作仿《四庫全書》提要之例，由編者撰寫《校點後記》，簡略介紹作者生平、著作内容及評價、版本情况，説明其他需要説明的問題。

泉州地方典籍《泉州文庫》整理出版委員會辦公室
二〇〇七年二月五日

目　　録

釣磯詩集 ……………………………………………………… 1
心泉學詩稿 …………………………………………………… 89

釣磯詩集

序

吾邑丘釣磯先生，品著於宋末元初，論定於昭代，既列祀鄉之先賢，且配享朱文公祠矣。《八閩通志》齒之儒林傳中，以其曾著《四書日講》、《易解疑》、《書直講》、《詩口義》①、《春秋通義》、《禮記解》、《經世書》、《聲音既濟圖》、《周禮補亡》等書，爲大有功於經傳也。然其書悉被元人取去，今已無傳，僅存者惟《周禮補亡》，及其詩集耳，學士家每用惋惜。而要之先生所以取重後世者不專在是。蒙古僭統，開闢未創見之變局也，一時名縉紳甘心臣事之者比比②。先生草茅士耳，抗節不屈③，昂望壁立萬仞。辭聘一詩，《春秋》大義凜然，終身以不洗腥穢爲恨④，死誡諸子勿治墳塋，謂其心不與日月爭光可乎？故老又傳，先生遺一子隨張世傑入粵復讐，熱腸非但託諸空言，直見諸行事之實矣。其子後飄泊瓊山，遂占籍焉，丘文莊公即其裔也。文莊評史，每至"中國夷狄之防⑤"一篇之中，三致意焉，豈非有得於乃祖之訓而然耶！夫爲學莫急於明理，明理莫大於維倫。先生倫完理愜，行誼堪爲後世楷模。即不著書立言，固足以當學宮之俎豆而無愧。矧其窮究天人，洞徹性命，晚年吟詠篇什，足以見其大概⑥，又何必以諸書亡失爲先生致惜也。《通志》不躋先生於道學，而厠之儒林，蓋猶有未盡之位置矣。先生一抔土，不立碑碣，入國朝二百餘年無知之者。萬曆年間，或利其地形之勝，冒認爲祖墳而爭之。官爲勘驗，剛地得誌銘，乃加封而表識焉，馬鬣漁磯俱巋然後天地老矣⑦。先生不求身後名，而名卒不可掩。無意於徼天之報，而天卒昌厥後。士生亂世，其可不擇所以自處也哉！《周禮補亡》余曾見梓本⑧，詩集則惟其家有寫本。林子濩，吾邑志節士也。借得之，喜而示余，讀之苦多亥豕。稍爲訂正，脱簡則姑仍之，擬俟時平梓行⑨，非徒表章吾邑人物，亦欲使後學知所興起也。近世小説家，有移先生"辭聘"詩爲楊廉夫辭我聖祖之詩者,子濩辯之甚詳,議論痛快,故當與先生詩⑩並垂不朽云。

永曆⑪庚子春下弦日,同邑後學滄浯盧若騰手題於與耕堂。

【校記】

① "書直講、詩口義":康熙《同安縣志》《大同志》卷八作"詩直講、書口義"。

② "甘心臣事":道光本作"委身從塵"。

③ "不屈":道光本作"不回"。

④ "不洗腥穢":道光本作"不挽江河"。

⑤ "中國夷狄":道光本作"春秋大義、內外"。

⑥ "足以見":道光本作"實見"。

⑦ "馬鬣漁磯俱翯然":道光本作"馬鬣巍然,遂與先生魚磯俱,然後天地老矣"。

⑧ "余曾見梓本":道光本作"今流傳海內,"。

⑨ "脫簡"二句,道光本作"脫簡則仍□之,俟他時梓行"。

⑩ 道光本無"詩"字。

⑪ 道光本無"永曆"。

序

丘吉甫先生詩，吾師盧牧州公論之備矣。然霍所深慨者，吾鄉士大夫當昔盛世，以經學、文章、氣節稱不乏人，未聞有搜先生遺集梓而傳之，乃歷數百年而始有盧公序述焉，豈非前人之失歟！余嘗考閩之宋末韋布，與先生同時者若鄭所南，其先流寓姑蘇，謝皋羽則遊浙水東西，月泉吟社盛於四方。惟先生隱在吾同海濱，其地最僻，間嘗步履不越溫陵本州耳。呂樸鄉，先生師也，既殉節於蒲壽庚之難，呂所盤、劉秋圃，先生友也，呂之壽，先生弟子也，相與倡和不衰。若浯江魏秀才，則不知其名字；建州熊勿齋，即偶爾之相逢，其聲氣可謂寥落矣。嗟乎！先生爲宋諸生而遭易代，有《怪事》、《天陰》、《暮雨》、《秋興》諸作，憤鬱無聊，至於不欲生。及其衰老，尚有"滿目乾坤都是恨，頭毛白盡更愁吟"之句，歌之可以當泣焉。計惟山水名勝、同心好友，可舒遣懷抱於十一耳，而終身不出鄉國之外，聲氣之寥落如此。此余今日之嘆，不知先生當年之所處何如也？先生之遭易代，年方三十有六，至馬伯庸與達魯花赤徵幣不出之詩，次在八十有四。吟之下，可謂久幽不改其操矣。曾子曰："士不可以不弘毅，任重而道遠。"若先生者，豈非其人歟？昔溫陵陳紫峰先生稱吾鄉文獻，在宋出則有蘇子容，處則有邱吉甫。而瓊山丘文宗亦稱爲先生裔派。惜也，吾師盧公於是集苦多亥豕，稍爲訂正，擬俟時平梓行，而竟騎箕尾歸天上，不知此事當屬何人也。噫！

明同安林霍子濩原本。

目　　錄

序 ··· 盧若騰　3
序 ··· 林　霍　5

釣磯詩集卷一 ·· 20
五言古 ·· 20
同建陽熊退齋游九日山 ··· 20
送熊退齋歸武夷 ··· 20
獨步芝山 ··· 20
溪橋看月 ··· 20
新晴 ·· 21
仰高堂外看山 ··· 21
自龍潭歸 ··· 21
煮粥 ·· 21
庚辰歲寓開元東羅漢閣二首 ······································· 21
同景仁芝山賞梅 ··· 22
閉戶 ·· 22
夜坐讀書 ··· 22
風雨中與呂之壽讀文公詩傳 ·· 22
觀赤石龍潭 ·· 22
信兒有作依韻勉之 ·· 22
尋從子伯恭不遇 ··· 23

古愚兄戒食 ………………………………………… 23
　　三月三十日 ………………………………………… 23
　　趙廷俊毀紫衣大德禪師祠詩以美之 ………………… 23
　　跋巨然曉山圖 ……………………………………… 23
　七言古 ………………………………………………… 24
　　七歌效杜陵體 ……………………………………… 24
　　北山 ………………………………………………… 25
　　秋園桃花 …………………………………………… 25
　　次放翁梅花韻 ……………………………………… 25
　　禽言 ………………………………………………… 25
　　次韻吳靜能秦檜 …………………………………… 25
　　李養吾董教同安爲作長篇 ………………………… 26
　　懷古愚兄 …………………………………………… 26

釣磯詩集卷二 ………………………………………………… 28
　五言律 ………………………………………………… 28
　　泛舟 ………………………………………………… 28
　　讀元次山詩有感而作 ……………………………… 28
　　舟中避難 …………………………………………… 28
　　哭呂樸卿先生三首 ………………………………… 28
　　端午 ………………………………………………… 29
　　日入 ………………………………………………… 29
　　田家四首 …………………………………………… 29
　　惡況 ………………………………………………… 29
　　貧 …………………………………………………… 30
　　瑞光亭有作 ………………………………………… 30
　　過江古愚兄送至渡口 ……………………………… 30

7

顏北城有約看梅徘徊花下 ················· 30
入忠軒書院詠蘭 ······················· 30
與汝翔晚行 ··························· 30
呈大宗丞求筆戲 ······················· 30
到郡城憶江釣 ························· 31
次呂之壽韻寄肯體 ····················· 31
六月寓章法寺 ························· 31
瑞光亭 ······························· 31
壽竹西 ······························· 31
寄南劍詹野渡先生 ····················· 31
挽梁丹隱 ····························· 31
挽張樗堂 ····························· 32
讀石隱淡吟藁 ························· 32
寄陳儒正 ····························· 32
離相院 ······························· 32
幽趣 ································· 32
贈富公 ······························· 32
別城中親友 ··························· 32
贈雲岫上人 ··························· 33
書山翁房壁 ··························· 33
出院門閒步 ··························· 33
偶成 ································· 33
白鷺 ································· 33
步院前溪 ····························· 33
倚杖 ································· 33
過野塘用杜老韻 ······················· 34

目　錄

月中與諸友還在沙溪 …………………………………… 34
贈義上人 ………………………………………………… 34
送陳判之邑庠 …………………………………………… 34
寄林簿 …………………………………………………… 34
送誼上人歸城 …………………………………………… 34
夜意 ……………………………………………………… 34
曉意 ……………………………………………………… 35
塵世 ……………………………………………………… 35
孤客 ……………………………………………………… 35
雨後憶家 ………………………………………………… 35
早過後浦莊 ……………………………………………… 35
九日 ……………………………………………………… 35
歸侍 ……………………………………………………… 35
病中 ……………………………………………………… 36
龍湖道中 ………………………………………………… 36
寄曾子方 ………………………………………………… 36
題可翁塔 ………………………………………………… 36
哭矩齋先生 ……………………………………………… 36
遊賢坂書贈可大 ………………………………………… 36
雨後閒步 ………………………………………………… 36
和北城友人 ……………………………………………… 37
題章法山房 ……………………………………………… 37
寓龍湖莊 ………………………………………………… 37
遊龍湖庵 ………………………………………………… 37
和呂所盤韻 ……………………………………………… 37
支筇 ……………………………………………………… 37

寄呂之壽	37
入冬半月餘，二麥未種，忽然一雨	38
乘除	38
雨後有便价寄所盤	38
宿鏡山欲訪之壽，忽聞東浯、思仲至，約爲南山之遊，不果	38
和瓠齋菊花	38
秋夜	38
書陳氏小軒壁	39
寄槐亭	39
田間行樂	39
春日閒遊過石所山	39
四月朔日曉起，候之壽回家	39
初夏	39
次長卿韻	39
次韻長卿，仍招爲桐下之遊	40
雨中宿章法院	40
次呂之壽見憶韻	40
呂之壽詩到，仍用前韻，約爲五峰之游，同訪老人	40
用前韻寄幾仲	40
和顏北城梅花韻	40
離相院暫憩	40
過李氏山房清坐對雨	41
壽蕭東海	41
對竹	41
新月	41
貧病	41

浮名 …………………………………………………………… 41

　　夜誦 …………………………………………………………… 41

　　浪出 …………………………………………………………… 42

　　養拙 …………………………………………………………… 42

　　慈濟行祠 ……………………………………………………… 42

　　哭高氏妹 ……………………………………………………… 42

　　間居 …………………………………………………………… 42

　　杜鵑花 ………………………………………………………… 42

　　錢侯寺 ………………………………………………………… 42

　　悠悠 …………………………………………………………… 43

　　龍湖觀人釣魚 ………………………………………………… 43

　　寄雪庭老子 …………………………………………………… 43

　　送元鼎學士 …………………………………………………… 43

　　贈曹貫之 ……………………………………………………… 43

　　送舶司李郎中 ………………………………………………… 43

　　秘藏院 ………………………………………………………… 43

　　寄呈張教諭 …………………………………………………… 44

　　遊秘藏院呈老叟 ……………………………………………… 44

　　范掌書 ………………………………………………………… 44

　　葉掌書 ………………………………………………………… 44

釣磯詩集卷三 ……………………………………………………… 46

　七言律 …………………………………………………………… 46

　　遊承天寺，海翁首座相與登月臺，因過方丈 ……………… 46

　　再次前韻呈吳天遊居士 ……………………………………… 46

　　題誼上人石室 ………………………………………………… 46

　　呂所盤以詩送茅柴酒與紅螺，用韻以謝 …………………… 46

11

與汝翔池頭清坐 ··· 46
自湖尾至歐崎邨，一丘松竹，步入其間，乃白蓮堂。有一老嫗，
　　揖客而坐，道人云此師長娘也。堂前有兩樹梅，青腴可愛，
　　徘徊久之，不覺日暮 ··································· 47
夜臥中庭 ··· 47
江邊晚景 ··· 47
答城中友人相勉求官 ······································· 47
和所盤風字韻 ·· 47
懷玉巖先生謫廣州，忽自古杭有書至 ····················· 47
題楊子巖 ··· 48
聞復卿欲賜訪，詩以促之 ································· 48
重遊離相院 ·· 48
與所盤諸君會石幡還，和杜老曲江韻三首 ··············· 48
暮雨 ·· 48
怪事 ·· 49
天陰 ·· 49
秋興二首 ··· 49
聞吴丞圖漳倅 ··· 49
吴丞遠寄和章 ··· 49
信步 ·· 49
西興寺值雨，次吴警齋先生韻 ···························· 50
七月望日再遊彌陀巖 ······································ 50
和義兄詩畢，偶憶竹莊、石隱二老寄此，煩爲問訊 ····· 50
晚道過鏡山寺借憩，未及曙而返 ·························· 50
九日 ·· 50
獨行 ·· 50

次吳文之韻 …… 50

呈梅林顔宗之 …… 51

與應得李洋歸 …… 51

江鄉 …… 51

江風 …… 51

贈浮曦柳秀才 …… 51

讀楚詞 …… 51

次所盤山村韻 …… 51

讀易徹章呈濠樂主人 …… 52

寓居姚家村 …… 52

麥秋和所盤休字韻 …… 52

次韻答必大 …… 52

雨後 …… 52

別濠樂主人 …… 52

次韻寄蘇仲質 …… 52

呈劉秋圃 …… 53

寄高尹 …… 53

古藤 …… 53

與所盤行溪邊，有一小屋可愛，問之，乃爲南山主人盤翁欲買。

    居越日，詩來有孟光到老不曉事，剛道還山活計非之句，用韻以勉之 …… 53

移居三首 …… 53

和芸齋 …… 54

張可大甥與古愚家兄遊陽孟巖，云巖已廢，而舊日題壁之詩獨存，

    有感次韻 …… 54

秋夜二首 …… 54

和所盤端午韻	54
和所盤離相院山門納凉韻	54
秋懷	55
和所盤九日	55
和所盤闌字韻	55
元旦與可大江行	55
與可大水頭閒望	55
過方廣寺	55
寓浯江識老魏秀才	55
再次前韻	56
重九	56
小春	56
晚行書所見	56
梅	56
和心泉問柳	56
題心泉所贈李白畫像	56
初夏	57
寓石鐘院作	57
村學	57
和呂之壽寄伯章韻	57
所盤已回故居月餘日，忽憶舊時與遊，因約再訪	57
和張原齋見寄	57
東歸擬再訪呂所盤，不果。所盤有詩，因次韻二首	57
送千巖摘槀還仲仁	58
沙頭玩月	58
春花	58

吴天遊竹莊諸公 …… 58
門巷 …… 58
自知 …… 58
山齋 …… 59
和所盤自寬韻 …… 59
呈古直 …… 59
呈張尚友 …… 59
自修 …… 59
感遇 …… 59
貧病 …… 59
寄肯體 …… 60
磊落 …… 60
用伯恭次信兒韻，因以示之 …… 60
病中作 …… 60
養疴 …… 60
賞梅分韻得殊字 …… 60
破屋 …… 60
晚步 …… 61
次韻徐學正九日 …… 61
寄題朱推官竹齋 …… 61
章法院中作 …… 61
自愧 …… 61
獨立 …… 61
御史馬伯庸與達魯花赤徵幣不出 …… 61

釣磯詩集卷四 …… 64
五言絕 …… 64

題信中隱秋江捕魚圖……………………………………64

　　極目……………………………………………………64

　　晚行……………………………………………………64

　　梅影二首………………………………………………64

　　喜雨示兒姪四首………………………………………64

　　金櫻子二首……………………………………………65

　　伯恭姪家書所見三首…………………………………65

　七言絕…………………………………………………65

　　六月初二日作…………………………………………65

　　客中二首………………………………………………65

　　秋夜前韻二首…………………………………………65

　　章法院堂中清坐………………………………………66

　　輓心泉蒲處士二首……………………………………66

　　次歐陽少逸呈雪庭韻三首……………………………66

　　北山聞鐘亭……………………………………………66

　　鰲山閣…………………………………………………66

　　遊碧霄，石鐫一壽字，今七十二年……………………66

　　永寧庵…………………………………………………67

　　下洞……………………………………………………67

　　百丈石…………………………………………………67

　　臘月二十九日，陳萬石、石室、呂潛心三兄相訪，夜來分韻得
　　　年字二首……………………………………………67

　　歸憩澗亭橋……………………………………………67

　　溪西李家………………………………………………67

釣磯詩集卷五………………………………………………68

　警學遺言………………………………………………68

蓮生三首	68
觀潮四首	68
太陽五首	68
石榴花三首	69
觀物四首	69
釣魚	70
勉呂之壽	70
雀	70
濂溪先生義方堂瞻先賢遺像	70
康節先生	70
橫渠先生	71
韋齋先生	71
晦庵先生	71
忠簡先生	71
怡園先生	71
題竹西獨宿寮	71
閉戶	71
養氣	72
亦足軒中試墨	72
理欲	72
示兒	72
一中	72
六十六歲吟	72
次晦庵先生韻自警	72
八十	73
八十四	73

視夜	73
求約	73
清晝	73
送春	73
老學忽有所得	73
記先賢	74
觀物	74
暗室	74
有感	74
和晦庵啓蒙韻	74

補遺

梅花賦	75
周禮全書序	75
呂圭叔先生贊	76
謁坪庵	76
題小山叢竹	76

附錄

丘吉甫先生傳	77
《閩書·英舊志》二則	77
丘葵傳	78
丘葵傳	78
丘葵傳	79
張日益訪丘釣磯先生故居記	79
林國華道光刊本書後	80
羅以智道光鈔本跋	80
林鴻年同治重刊本序	82

目　　録

楊浚同治重刊本序 …………………………………… 82

丘炳忠同治刊本跋 …………………………………… 83

同治重刊陸序 ………………………………………… 83

同治重刊陸跋 ………………………………………… 84

校點後記 …………………………………………… 86

釣磯詩集卷一

五 言 古

同建陽熊退齋游九日山

八荒去求友,名山在吾西。雲石長掛眼,云何不攀躋?攀躋有何求?林木心所歡。欣欣豈在木?昔有秦隱君。隱君天上去,尚有姓名留。想當嘉遯時,煮茗日唱酬。唱酬者爲誰?曰惟姜歐陽。於昭忠與義,追琢而成章。成章匪摘藻,一字不出山。最後有致光,亦復茲盤桓。盤桓尚如昨,人生幾陵谷。至今荒祠下,凛凛人如玉。如玉復如玉,千年仰高風。誰哉共我遊?建陽勿齊[①]翁。翁謂朱紫陽,穆穆千載師。昔年此游歷,爰有妙句遺。遺句尚可詠,於焉且徜徉。欲尋廓然處,但見山蒼蒼。蒼蒼未嘗歇,誰識天機深。未知後來者,能復同此心。

送熊退齋歸武夷

穆穆朱夫子,於道集大成。嗟予亦私淑,奧義終難明。退齋獨何幸,而乃同鄉生。雖後百餘載,玄機若親承。斯文幸未墜,載道來桐城。平生疑惑處,喜得相考評。秋風吹庭樹,忽然作離聲。吾儕各衰老,何時重合幷?願言且少住,勿棄斯文盟。聖賢千萬語,只在知與行。前修倘可企,朂哉共修程。

獨步芝山

平生獨往願,頗得山林趣。輕陰春漠漠,澹日隨行屨。猶嫌影趁人,特入深深處。

溪橋看月

當空一明鏡,團團水中見。常恨溪頭風,吹來皺水面。水面皺猶可,月碎成萬片②。

新　　晴

　　新晴登岹嶁，欣此凍初解。春風入條肆，枯林③依然在。有美北山薇，良苗④正堪採。我欲携短筐，悠悠隔滄海。

仰高堂外看山

　　半生勞仰止，今日忽墮前。如忘形骸友，相對亦屹然。此心有全體，動靜無塵緣。遥睇層層碧，群仙室其巓。我欲往從之，於道恐未然。但當安所止，萬物同此天。

自龍潭⑤歸

　　策蹇下平崗，掛帆渡安流。平生不行險，間道旋故丘。高堂有鶴髮，安敢事遠遊？負米雖不多，過冬亦稍優。所愧無甘旨，一飽良易謀。兢兢保遺體，無遺慈顔憂。讀書茅簷下，庶幾少愆尤。

煮　　粥

　　清晨掃松葉，旋復烘于煁。汲井自手淅，咄嗟香滿鬵。母子共一飽，茅簷樂愔愔。雖無瀡瀄奉，庶不愧此心。

庚辰歲寓開元東羅漢閣二首

　　有美者傑閣，凌然跨虛空。有覺者彼岸，廓然大圓通。而我獨蠢蠢，於何而適從？

其　　二

　　有嶙者浮圖，屹其插穹昊。有壈者古道，淒其鞠成草。而我獨兢兢，於焉以終老。

同景仁芝山賞梅

西風殺群卉，麋鹿覺悽愴。野菊亦憔悴，蕭條不堪賞。主人菴中梅，的皪爲誰放？當茲肅霜月，數枝春盎盎。真如得道人，形槁神獨王。

閉　戶

自我來茲泮，閉户交遊絶。經生一二輩，長庚伴殘月。芹藻自青青，誰與共採擷？唯於潑潑處，見得源頭活。

夜坐讀書

茅簷晚來雨，東風忽吹晴。不暖亦不寒，夜氣覺自清。書生澹無事，復戀舊短檠。開卷見聖賢，愧我猶編氓。便思澡塵慮，肅然奉天明。出門視斗極，敬心由之生。姿年捨我去，老學何由成？

風雨中與呂之壽讀文公詩傳

泠泠⑥葉上風，瑟瑟簷頭雨。天分本無私，人性皆相似。譬之入山林，斧斤隨所取。姿年捨我去，初心日以負。勗君歲寒心，保此棟梁具。聖域廓悠悠，脩途未容駐。

觀赤石龍潭

豢擾久不氏，神物失所從。嵌巖石壁下，豈足爲龍宮？亦有萬仞海⑦，茫茫與天通。誰言汝爲智？出入人鬼⑧中。窮冬天地閉，風雲未繇逢。泠泠一掬溜，於焉託孤蹤。

信兒有作依韻勉之

母鷄啄兒粟，一啄還一呼。細腰日祝子，自憐族鰥孤。賦形在穹壤，此情誰獨無？古來骨肉間，愛深色自愉。愧我無黃金，貽以竹與蒲。勉哉讀父書，堯桀性不殊。

尋從子伯恭不遇

汲井欲灌園，灌園當灌根⑨。澡身欲樹德，樹德當樹淳⑩。我行獨踽踽，聊復尋諸孫。諸孫各有役，誰復相溫存。彼茁者汀蘆，上有鶺鴒喧。衡門可棲遲，清風自妍暄⑪。

古愚兄戒食

有美者庭花，謹毋縱牛羊。方苞亦方拆，其葉何牂牂。敦篤哉吾兄，一食不我忘。有酒既酤我，又以嘉殽將。感兄此意厚，起奉千年觴。何以報佳惠？作善天降祥。

三月三十日

盎盎天地春，萬物日和煦。云胡生五穀？不若草木數。天道一小變，六龍不行雨。東皇詎忍歸？田間已焦土。□□□人，書生空自愁。饑死者不恨，特爲蒼生憂。我願呼東皇，爲我呼屏翳。沛爲三日霖，枯苗有生意。皇天青蕩蕩，無繇訴衷情。空憐汝布穀，辛苦催人耕。

趙廷俊毀紫衣大德禪師祠詩以美之⑫

風霆妙流行，日月互出沒。鬼神本良能，一氣自伸屈。南方有妖魂，緇衣而血食。因訟默祈呼，桎梏脫頃刻。逆迪曾靡分，唯事是凶譎。吏有廷俊者，謂此非正直。宜加以鈇鉞，而焚其宫室。予聞而壯之，作詩紀其實。自從政教弛，刑禍衆所怵。憑依以爲奸，白日成異物。廷俊慎旃哉，剛正乃終吉。

跋巨然曉山圖

秋曙已生白，朝暾尚潛紅。是時天地氣，正在貞元中。千峰雖歷歷，衆樹猶濛濛。群動又將作,平秩一日東。灑然人欲盡,天理將昭融。閒窗自展玩,妙處誰能窮?

七　言　古

七歌效杜陵體

景炎元年北人至,撤花初令豪家備。誰梯禍亂敷我民,敲朴日煩無處避?富者有銀猶可甦,貧者無銀賣田地。嗚呼一歌兮歌已哀,天日不見惟陰霾。

其　二
三宮北狩何時返,猿啼鬼哭塵沙遠。李陵耶律甘匪人,豈無蔡琰吹胡管?江南江北骨成山,箭瘢紛紛劍痕滿。嗚呼二歌兮歌未休,潸然出涕滂沱流。

其　三
山林嘯聚繁有徒,州家買靜勤招呼。縣官被命不敢遜,麒麟出模群狐孤。昨者參州紅帕首,高官厚祿恣狂圖。嗚呼三歌兮歌三發,天翻地覆綱常滅。

其　四
督府養兵如養子,帛堆其家粟崇庾。少不如意出怨言,恃功偃蹇驕其主。道旁老畎哭告予,未被賊苦被軍苦。嗚呼四歌兮歌始宣,悲風為我吹塵寰。

其　五
富兒諧了西園價,身著綠衣足誇詫。那知又有價高人,昨日新官今又罷。近來書滿只月餘,白頭老吏慵送迓。嗚呼五歌兮歌未足,末世由來多反覆。

其　六
十家九室廚無煙,兒夫仆後妻僵前。米珠薪桂肉如玉,野無青草飛烏鳶。手持空券向何許,官司有印儂無錢。嗚呼六歌兮歌愈悲,天下太平竟何時?

其　七
我生不辰逢亂離,四方蠥蠥何所之?欲登山兮有虎豹,欲入海兮有蛟螭。歸來歸來磨兜堅,毋與蛟鬥兮毋充虎饑。嗚呼七歌兮歌曲罷,猿啼清晝蟲鳴夜。

北　　山

朝見北山青,暮見北山紫。頑然土與石,此色何處起。無情草木含清輝,朝露夕陽助明媚。四時煙雨姿態異,天機滾滾何曾已。人見山上有青天,誰知天在青山裏？欲問巨靈知不知,白雲起處孤鳶飛⑬。

秋　園　桃　花

秋園八月開桃花,數枝冷澹無光華。北風蕭蕭吹汝寒,汝發非時誰復看？墻下牽月顏色鮮,故園欺汝相縈纏。何不藏英待時發,自有陽春二月天。

次放翁梅花韻

冰崖雪谷物未芽⑭,造物破荒開此花。神全形枯近有道,意莊色正知無邪。堅貞正要飽憂患,放棄何遽愁幽遐。移根上苑亦蚤計⑮,竹籬茅舍真吾家。平生自嫌亦自許,妙處可識不可誇。金尊翠杓未免俗,篝燈爲試江南茶。

禽　　言

春泥滑滑雨瀟瀟,田婦力汲收墜樵。歸來不敢道姑惡,我自忘却婆餅焦。去年冬旱無麥熟,阿婆餅焦難再得。門前勿⑯報穀公來,竈冷樽空難接客。阿兄提壺沽濁醪,阿弟布穀披短簑。不時脫却布褲渡溪水,只愁行不得哥哥。

次韻吳靜能秦檜⑰

故老相傳爲秦檜⑱,飛仙時立凍蛟背。疑是當年丫髻人,憑虛馭氣今安在？百千年樹見栽時,新承雨露入昭代。托根南極殿下生,巍巍直與天樞對。紛紛牛馬已成塵,露葉風枝今幾載。是時鸞鳳一來栖,梟孤不敢鳴妖怪。一朝名字動至尊,不見真形空粉繪。多少黃冠盡白頭,依神正直人再拜。老槱何物敢干名？真根惟有蘇仙愛。方今南北同一天,孤標不見貞元會。

李養吾董教同安爲作長篇

一元之根貞下起,勾萌甲坼[19]春陽敷。千紅萬紫弄晴霽,忽然暗緑繞丘墟。霜風厲厲百物遂,枝葉剥落留根株。一誠通復心無愧,雖千萬往猶褐夫。浩然之氣非襲取,所要與道與義俱。勿正勿忘勿助長,活潑潑地唯鳶魚。子思喫緊爲人處,鄒孟得之曰養吾。千載斷脉無人續,往往舐痔誇得車。何期邑泮乃親見,鐸音之來自方壺。加之卿相心不動,顧乃下教青衿徒。古來揖遜三盃酒,至和薰蒸遍八區。聖門狂者得氣象,童冠浴沂風舞雩。嘆子養浩亦已久,詩[20]書窗前草不除。明年春風二三月,不知先生與點無。

懷 古 愚 兄

紫帽之峰兮高且巍,白雲一片兮空依依。我有兄兮在海湄,三月不見兮使我心悲。

紫帽之峰兮高且嶒,白雲一片兮空悠悠。我有兄兮在海陬,三月不見兮使我心憂。

有荷薦香,有竹薦凉。歸哉歸哉,一舩對床。

【校記】

① "齊":道光本、正誼書院本均作"齋",二字通。
② 鈔本脱一字。道光本作"片",今補入。正誼書院本後加注:"家本團團作圓圓。"
③ "枯林":正誼書院本作"枯梻"。
④ "良苗":正誼書院本據汪本作"抽苗"。
⑤ "龍潭":正誼書院本作"龍湖"。
⑥ "泠泠":鈔本作"冷冷"。按格律詩聲韻,當爲"泠泠",因改。
⑦ "亦有萬仞海":正誼書院本作"南溟深萬仞"。
⑧ "人鬼":正誼書院本作"天人"。
⑨ "灌園當灌根":正誼書院本作"草木有同根"。

⑩ 正誼書院本缺"澡身欲樹德,樹德當樹淳"二句。
⑪ "暄":正誼書院刊本作"諽"。
⑫ 題名,正誼書院本作"趙廷俊毀淫祠詩以美之"。
⑬ "白雲起處孤鳶飛":正誼書院本作"孤鳶飛處白雲起"。
⑭ "物":正誼書院本作"木"。
⑮ "蚩計":正誼書院本作"左計"。
⑯ "勿":正誼書院本作"忽"。
⑰ "秦檜":正誼書院本作"秦時古檜"。
⑱ "爲秦檜":正誼書院本作"秦時檜"。
⑲ "圻":原作"圻",據文意改。
⑳ "詩":正誼書院本作"讀"。

釣磯詩集卷二

五 言 律

泛 舟

泛舟遊碧渚,避世作漁翁。試問千鍾禄,何如一釣筒?雨添春後水,帆漲晚來風。緡捲看魚上,停橈倚荻叢。

讀元次山詩有感而作

民病未蘇息,誰爲元道州?爭趨熱翕翕,不念冷颼颼。摧剥①先蟲户,差科及釣舟。君門千萬里,欲往訴無由。

舟中避難

拏舟來避難,別我釣魚磯。帆卸遮春雨,衣濡曬落暉。南師聞韃走,北馬逐人飛。見説漳橋斷,鑾輿曷日歸?

哭呂樸卿先生三首　樸卿先生名大奎,吉甫先生之師也,以抗蒲壽庚遇害。

已擬持②荷橐,俄抽似葉身。甘爲南地鬼,不作北朝臣。屋壁遺文壞,鄰舟戰血新。劫灰飛未盡,碑碣託何人?

又

潮士瞻韓木,莆民愛召棠。名隨天共遠,身與國俱亡。血碧一時恨,汗青千載香。玄虬方隕蹶,螟蛭恣飛揚。

又

斯文天何喪③,疑義④有誰如⑤?無復諄諄誘,空令咄咄書。秋風壇上木,夜月墓邊廬。每與諸孤道，相看淚滿裾。

端　　午

世亂逢端午，淒涼吊古心。空餘蒲曳綠，不見黍包金。蛇蜃橫人骨，鰲江絕鼓音。追思前日事，愁比海波深。

日　　入

日入川原暝，風悲草木枯。時逢⑥迁孔氏，我自哭唐衢。市有虎求食，村無雞引雛。乾坤空納納，何處著吾軀。

田　　家四首

久旱劃豐穰，群童拾穗忙。早炊留客飯，新釀喚翁嘗。庭上苴筥滿，籬邊蔬甲長。腰鐮斫丫木，準擬撐⑦欹桑。

又

亂後無雞犬，昏時足蚋蚊。有翁如老鶴，蹙額說官軍。埋穀爲春種，鞭禾到夜分。與兒再三話，衣食在辛勤。

又

片雲頭上黑，凍雨自西來。促婦收餘穀，呼童拾爨柴。堆禾披草蓋，移菜傍畦栽。却憶翁年老，前邨醉未回。

又

割餘田有鶴，食罷案多蠅。哀穀爲秋賽，燃薪當夜燈。老牛背觳觫，爨婦髻鬅鬙。應是無心問，朝家廢與興。

惡　　況

惡況有誰知？僵妻與仆兒。無人乞顏米，有客泣楊岐。浩劫天難免，凶年鬼亦饑。但言身長在，不敢恨流離。

貧

相見盡言貧，能貧得幾人？文成休送鬼，錢乏那通神？形瘦何妨鶴，衣懸一任鶉。饑來眠仰屋，鼻息撼樑塵。

瑞光亭有作

終年蕭寺裏，人跡往來稀。雀踏樑塵落，蜂穿木屑飛。佛幡書古偈，僧壁掛禪衣。此景惟予愛，冷然契道機。

過江古愚兄送至渡口 刊本上增"初六日"三字。

茅屋亦云好，萍蹤不自由。看書猶几上，解纜已沙頭。白髮兄和弟，清江夏亦秋。相看不忍別，斜日墜汀洲。

顏北城有約看梅徘徊花下

千林共搖落，老樹獨蜿蜒。玉立無人處，黃昏欲雪天。臨風情脈脈，倚竹靜娟娟。身世寒香裏，相看意已仙。

入忠軒書院詠蘭

堦庭根暫托，只與綠苔親。自少枝條分，不爭花卉春。經寒青瘦硬，出埯紫鮮新。風雨時吹洗，含薰待主人。

與汝翔晚行

偶值忘形友，田間步晚晴。四圍山木合，一片夕陽明。倚杖數歸翮，隔溪聞喚聲。行來僧寺歇，又得問無生。

呈大宗丞求筆戲

咄咄人誰識？翩翩老更佳。王維不是畫，蘇晉已長齋。地靜白生室，天秋黄落堉。日長用幽意,咫尺到無懷。

到郡城憶江釣

誰使入州府,被人嫌我真。未歸江上釣,且作夢中人。一片滄浪石,百年泡幻身。知心惟白鷺,相憶伴經綸。

次呂之壽韻寄肯體

甚矣吾衰矣⑧,時然道亦然。詩書輿脫輹,歲月箭辭弦。所欠惟一死,斯須便百年。細思禽與犢,等是食和眠。

六月寓章法寺

暝色入招提,昏鴉已不啼。諸僧空院出,老子獨山棲。堂面無人北,天形盡日西。寂寥應不恨,吾道與時睽。

瑞　光　亭

昔聞石幢寺,今見瑞光亭。一水東南碧,四榕冬夏青。往來多俗子⑨,老病抱⑩遺經。親塚招提北,回頭涕泗零。

壽　竹　西

中秋八月朔,人在竹之西。講席朝齊聽,吟寮夜獨棲。交情今管鮑,清操古夷齊。却笑苔磯老,畏人頭愈低。

寄南劍詹野渡先生

聖賢已往古,吾儕空自今。六經尋斷脉,千里遇知音。莫笑因緣淺,相期造道深。可憐山海隔,無路盍朋簪。

挽梁丹隱

受用伯陽書,萬緣都覺虛。達官真桎梏,大廈即蘧蒢。世謂求仙妄,誰知是道餘？臨終爲土解，何必淚盈裾？

挽張樗堂

與君雖遠隔，自少即相親。老失同年友，鄉無好善人。樗堂春絶迹，蒿里暗傷神。丹旐歸何處？風霜故塚濱。

讀石隱淡吟藁

借師新藁讀，睡睫不曾交。壁月沈寒瀨，琪花著老梢。一吟三歎息，雙字幾推敲。曉雨驅炎熱，僧窗得盡鈔。

寄陳儒正

論心纔暑夕，握別已凉秋。月照陳蕃榻，風生王粲樓。哀音蟲外笛，遠影雁邊舟。欲寫相思意，題詩寄水流。

離相院

一夕僧留宿，翛然萬慮空。草分仙掌緑，花發御袍紅。白鳥松梢雪，玄談麈尾風。因悲人世上，終日業塵中。

幽趣

幅巾篁竹下，幽趣與僧同。坐對忘憂草，行歌解愠風。鴨頭池水緑，猩血石榴紅。解作晴天雪，松梢鷺一叢。

贈富公

師年過七十，萬事總無心。猿鳥窺禪性，魚龍避梵音。煙消香篆冷，霜入鬢根深。手種庵前樹，蒼蒼十丈陰。

別城中親友

不堪離亂後，重別舊交遊。到處無青眼，歸家空白頭。風霜秋一葉，山水暮多愁。後會知何日,臨溪淚欲流。

贈雲岫上人

諸生多晚出,一老獨高年。月照遺經匣,雲生破衲襃。苔深埋屐齒,屋老帶松煙。何日塵氛斷,從師此話禪。

書山翁房壁 刊本無"房"字。

山翁有山癖,盡日對山青。筧水晨煮茗,爐香夜誦經。雨畦蔬長甲,風徑竹添丁。獨有曾遊客,清癯似鶴形。

出院門閒步

出愛前村景,歸穿薄暮煙。鳥飛虛碧裏,人在落紅邊。近晚山容淡,新晴稻色鮮。殷勤一溪水,清到院門前。

偶成

風雨三間屋,乾坤一腐儒。營生妻笑拙,學古客言迂。坐久燈花落,吟成硯水枯。方書俱遍覽,無藥可醫愚。

白鷺

衆禽無此格,玉立一閒身。清似參禪客,癯如辟穀人。綠秧青草外,枯葦敗荷濱。口體猶相累,終朝覓細鱗。

步院前溪

偶出山門去,乘涼步淺沙。溪流盤略彴,岸沫上槎牙。野拓天圍大,風吹日腳斜。吟成無與語,獨立數歸鴉。

倚杖

爲憐情景好,倚杖立還移。海近雲來濕,波平⑪日下遲。歸牛行礫确,幽

33

鳥⑫語淪漪。覓句心將嘔,傍人過不知⑬。

過野塘用杜老韻

蛙浮成出字,雨點作圓紋。荷葉多於草,炊煙遠似雲。水清魚可數,邨近鴨成群。何日營茅屋,來茲避世紛?

月中與諸友還在沙溪

爲愛江頭月,回環宿鷺汀。露濃如潑水,天澹欲無星。樹色依山黑,螢光出竹青。夜深幽興極,瘦影自伶俜。

贈義上人

足跡遍天涯,何年始出家?去時雙不借,歸日一袈裟。有句堪題壁,無魔敢散花。至今清夜話,猶自帶煙霞。

送陳判之邑庠

君去采芹藻,那知事不同?乾坤已新主,禮樂尚儒宮。雨過山仍綠,春歸花盡紅。悠悠聖門意,千古獨清風。

寄林簿

一別又一載,相思入夢頻。以予生計拙,知爾有時貧。鼠跡陶瓶粟,蛛絲范甑塵。莫將憔悴意,説與得時人。

送誼上人歸城

恰是聞師到,持筇又欲歸。去雲黏木屐,飄葉泊禪衣。不敢生離思,應愁損道機。故人如見問,爲説志漁磯。

夜意

茅齋人語寂,清坐獨巑岏。有興憑詩遣,無聊把劍看。香殘金鴨冷,膏盡玉蟲寒。出見庭無月,方知夜色闌。

曉　意

鄰窗雞唱曉,客路馬嘶風。夜色鐘聲外,晨光角韻中。蟾歸曳殘白,烏出浴新紅。一點清明意,那無保養功?

塵　世

塵世無暇日,偷閒到野亭。橋陰界水綠,燒迹斷山青。石瘦牛磨角,簷空雀墜翎。暮笳風外急,愁坐若爲聽。

孤　客

綠綠竹生笋,黃黃菜又花。一年今已夏,孤客未還家。夜對青燈減,朝看白髮加。由來事筆硯,不若藝桑麻。

雨後憶家

客裏詩書債,人間骨肉情。一春不相見,四月又還經。梅雨年年事,田禽夜夜聲。直思到蒲節,方得侍親庭。

早過後浦莊 刊本上增"初六日"三字。

秋晚邨莊憩,青山對掩扉。輕風隨步屧,殘露濕征衣。水滿菰蒲亂,田荒鶴雀飛。欲行還小立,旅思重依依。

九　日

海山秋索莫,不見菊花開。節與貧相棄,年將老共催。艱難思故里,牢落對殘盃。舊日登高伴,今無一箇來。

歸　侍 刊本上增"九月二十七日"六字。

邨莊一罇酒,誰與語悲辛?衿佩空相負,詩書不救貧。天寒負米客,日暮倚門人。遥睇長江水,西風猶愴神。

病　　中

數日喉何嗄,三年肺未蘇。自知愁不禁,誰復問何如？病體仍冬夜,山莊獨老夫。恐傷阿嬰意,不敢寄家書。

龍湖道中

冬行緣底意,倚杖陟高岡。日色帶霜淡,風聲過海狂。林鴉山外黑,野菜麥中黃。臘月明朝是,棲棲尚異鄉。

寄曾子方

別來俱不飲,相憶若爲情。交態忘貧富,相知似弟兄。君殊非夙昔,予亦負平生。惟有子城月,年年是舊盟。

題可翁塔

至人埋骨地,草木總皆玄。未臘梅先覺,無風竹亦禪。燈緣千載焰,名共四松傳。舊日經行處,瓶盂常儼然。

哭矩齋先生

蚤悟官爲祟,晚將家付兒。公今成佛去,僕尚是人猗。柿葉收遺墨,梅花憶贈詩。自嫌聞道晚,有淚哭先師。

遊賢坂書贈可大

十月寒猶未,幽人樂自便。看山行覓句,掃石坐談玄。一逕藤蘿月,數家桑柘煙。舊時釣魚處,枯木倒寒泉。

雨後閒步

洗天風雨過,炎暑漠然收。偶爾出門去,因之入寺遊。僧畦瓜蔓長,農圃貝花稠⑭。自笑生涯拙,空餘兩鬢秋。

和北城友人

桐邊一葉地,相望立秋風。昔別已三載,今來成兩翁。醒初無異醉,窮亦豈殊通？却笑甲辰一,雌雄自不同⑮。

題章法山房

四壁羲文卦,曾因學易居。今來三十載,只有一空廬。境寂含群動,窗明納太虛。無人悟玄理,梅竹翠扶疏。

寓龍湖莊

鶴髮重來客,龍湖舊日莊。鄉心忽搖曳,春事又倉忙。活活水泉動,荒荒野日長。殘年厭聲利,吾道在耕桑。

遊龍湖庵

一路野花開,春陰滿樹苔。舊時僧已去,前度客重來。浮世年年變,塵心事事灰。跏趺清晝永,元奘壁間回⑯。

和呂所盤韻

春豈關儂去,愁緣老易生。一邨俄綠暗,數日又朱明。細切銀絲鱠,新嘗玉版羹。便令聞杜宇,自不動鄉情。

支筇

天乎多往事,老矣負初心。病骨瘦又瘦,愁詩吟復吟。一生空碌碌,萬緑自森森。多少關情處,支筇古樹陰。

寄呂之壽

一燈清夜話,覺子見⑰真情。世已無前輩,予方畏後生。天涯共流落,歲晚獨無成。桐下來春約,飛鴻望寄聲。

<blockquote>入冬半月餘,二麥未種,忽然一雨</blockquote>

邨莊三日雨,清曉怯憑欄。灑地紛紛白,隨風陣陣⑱寒。不愁客衣薄,且爲老農歡。已有芃芃意,來春歲計寬。

<blockquote>乘　　除</blockquote>

若問乘除法,須當健補貧。如何窮到骨,更有病纏身。忽忽又將老,蒼蒼更不神。此生吾自斷,山澤一癃人。

<blockquote>雨後有便价寄所盤</blockquote>

雨中正相憶,偶爾有來鴻。清況今何若,新吟想漸工。近聞惠連病,似與長卿同。何日蒼榕⑲下,開筵水面紅。

<blockquote>宿鏡山欲訪之壽,忽聞東浯、
思仲至,約爲南山之遊,不果</blockquote>

鏡山欲相訪,馬首已之東。常日對衿佩,此行如燕鴻。將歸逢所與,有約竟成空。若到齋中日,爲予傳主翁。

<blockquote>和瓠齋菊花</blockquote>

東籬曾手種,賴以制頹年。白髮經秋別,黃花入夢圓。一場蜂蝶後,老圃霜雪前。不是耽幽隱,淵明地自偏。

<blockquote>秋　　夜</blockquote>

中夜愛親友,欲別不勝愁。此去無多日,羈情不奈秋。山寒猶碧樹,水落正滄洲。莫道非吾土,今冬尚此留。

書陳氏小軒壁

一榻自徜徉，悠然古意長。地幽如佛舍，軒小似船房。萱草依堂綠，荊花夾樹香。我來訪幽隱，話裏雨聲涼。

寄　槐　亭

吾道付滄浪，衰年尚異鄉。畏人江草合，懷舊暮雲長。老我已無用，如君終未忘。天寒無過雁，夜夜獨鳴螿。

田　間　行　樂

一年又朱夏，殘生如白鷗。未須愁熱去，且得及清遊。數點雨初下，千溝水盡流。誰家田萬頃，綠到海西頭？

春日閒遊過石所山

盎盎春流水，微微風動蘋。江山一片石，童冠兩三人。落魄從渠笑，逍遙得我真。百年渾是客，一月幾佳晨。

四月朔日曉起，候之壽回家

清晨未巾櫛，遠遠望山阿。一夕已如此，長年其奈何？高齋空寂寞，今日始清和。可惜一尊酒，驪駒又欲歌。

初　夏

一信楝花風，一年春事空。池荷還揭揭，櫻笋又匆匆。空嘆時光換，誰知造化工？盡將枝上色，并作石榴紅。

次　長　卿　韻

秋盡始相見，宵殘即語離。將歸悲宋玉，不飲愧袁絲。送遠意未愜，思家興頗隨。可憐鏡山夜,未興小盤期。

次韻長卿,仍招爲桐下之遊

老懷原寂寞,非子竟誰傾?去矣無多日,緬然相與情。雲山留共往,風雪渺孤征。更解同行否,無爲歲暮驚。

雨中宿章法院

瀟瀟一江雨,涼氣入山扉。離舍本不遠,連朝亦忘歸。紫荆成子落,黑蟻化蛾飛。看盡浮生事,終輸破衲衣。

次呂之壽見憶韻

日暮客送客,此情悲復悲。栖栖吾老矣,寂寂子何之?跬步便相憶,論心未有期。江湖成底事,空使素衣緇。

呂之壽詩到,仍用前韻,約爲五峰之游,同訪老人

客中枉佳句,三復喜還悲。冉冉歲暮矣,悠悠思何之?桐下不共往,梅花預作期。地爐風雪夜,同訪五峰緇。

用前韻寄幾仲

丈夫語意豁,不爲別腸悲。有酒再醑我,緣君一中之。顧此風霜景,闊哉牛女期。梅花山館裏,誰問敝衣緇?

和顏北城梅花韻

白髮寒叢裏,疏枝的爍明。風霜半夜後,南北一時晴。冷淡吟邊景,啁嘈夢裏聲。園中幾許樹,獨汝最關情。

離相院暫憩

一別已五載,重來得舊朋。秋風多敗葉,童僕[20]半爲僧。暫憩亦云好,長遊

愧未能。前山久相識，爲我碧崚嶒。

過李氏山房清坐對雨 刊本下增"焚香"二字。

千林同霡霂，一室淡虛明。餘潤浮窗眼，輕寒入鳥聲。紛紛度隴白，亹亹逼人清。相對㉑焚香坐，油然道氣生。

壽蕭東海

樂哉東海老，天與以遐齡。前一輩人物，爲諸生典型。頭因嗜書白，眼不要人青。歲歲桑蓬旦，人間活壽星。

對竹

此君無媚色，耿耿合予衷。外直形容瘦，中虛忿慾空。炎涼多變態，瀟灑獨清風。幸免斧斤患，蒼然保令終。

新月

斗柄猶未西，明生已自庚。月光本端正，人見有虧盈。寂感此太極，炎涼彼世情。徘徊花影下，獨自掩柴扃。

貧病

貧與病相約，貧來病亦來。有僧時饋藥，無鬼敢輸財。酒債償仍欠，醫書閱又開。安貧吾自愛，且遣病魔回。

浮名

不起浮名想，都緣耐寂寥。小齋坐聽雨，野渡立看潮。歲月吟邊過，憂愁醉裏消。早知書分淺，悔不學漁樵。

夜誦

夜誦琅琅罷，山齋人跡無。蟲聲助嘆息，月影伴清癯。黃卷十年子，青燈一腐儒。時危無用處，我自笑非夫。

浪　出

浪出鬼揶揄[22]，歸來失故吾。庭空榕落子，人靜鳥呼雛。潮退石自出，天高日正晡。寥寥誰與語？懷古一長吁。

養　拙

養拙干戈際，逃名山水邊。疏泉妨蟻過，掃地惬牛眠。竟日雲籠樹，何時雨洗天？入門兒女聒，恨未斷塵緣。

慈濟行祠

上人棲息地，況近佛莊嚴。亂蘚緘新甃，閒花覆古簷。浯山青入眼，榕樹紫垂髯。獨步秋祠晚，雲間月一鎌。

哭高氏妹

寒月照幽閨，眉多客裏齊。飄零杜氏妹，隱約伯鸞妻。烏啄有新哺，鳳飛無故棲。近聞猶子說，憶汝萬行啼。

閒　居

樹月紛紛白，溪流練練青。畦蔬先雨種，徑草未春生。井近通鄰汲，橋崩斷客行。閒居寂無事，觴詠叙幽情。

杜鵑花

望帝千年魄，春山幾度風。聲聲向誰白？歲歲作花紅。寂寞荒煙裏，妖嬈細雨中。可憐濺成血，無復見蠶叢。

錢侯寺

福唐錢氏子，爵命古諸侯。老樹護靈鎮，神鴉迎客舟。晨昏兩潮汐，尸祝幾春秋。參佐憑風景,輕囂走不休。

悠悠

江上形容老,竹間窗户秋。悠悠忘歲月,落落少交游。無食令兒瘦,有詩銷客愁。古今多少事,易卷在牀頭。

龍湖觀人釣魚

野客雙蓬鬢,溪童一釣竿。得魚何與我?對境自成歡。日暮欲歸去,支筇更一看。淡紅千艸[23]燭,濃綠萬花盤。

寄雪庭老子

問訊紫雲老,何時立雪參?生來將滿百,空界直超三。泡幻修千劫,佛應同一龕。曾蒙師印可,玄諦老方諳。

送元鼎學士

秋風甫聯騎,朔雪又回車。北道奇男子,南遊行秘書。碧幢留別句,丹陛慶新除。頭白逢昭代,吾甘渭水漁[24]。

贈曹貫之

一見如疇昔,人文兩崛奇。豪來無一世,狂發有千詩。浩然乾坤塞,修名臺省知。就尋一勺水,神物自應移。

送舶司李郎中

朝家三尺法,海舶一航風。物到琛聲上,人行浪屋中。貨因拚命得,廉故秉心公。行李清如洗,名應達陛楓。

秘藏院

纔入空門裏,塵心便欲抛。土花生石縫,野蔓上林梢。棟老蜂鑽穴,簷低雀結巢。僧中無賈島,得句自推敲。

寄呈張教諭

天欲昌吾道,君來董縣庠。壇荒猶杏樹,水落且芹香。欲與二三子,皈依數仞墻。若爲鷗鷺伴,留住水雲鄉。

遊秘藏院呈老叟

法藏千年在,何人結搆功？寒潭空夜月,老檜易秋風。我問四奇觀,師云一切空。因之悟真境,只在太虛中。

范掌書

出佐綉衣使,八州人共歡。一勾司范筆,六計問周官。雁鶩手持進,豺狼膽自寒。豈惟重臺省,風采動朝端。

葉掌書

陽復天心動,春回五葉中。梅梢足生意,栢府早清風。身任八州寄,手持三尺公。可憐芹泮士,空自獻詩筒。

【校記】

① "摧剥": 似當作"催剥"。

② "持": 原作"侍",據正誼書院刊本改。

③ "何": 正誼書院本作"欲"。

④ "疑義": 正誼書院本作"好學"。

⑤ "如": 原作"袪",據正誼書院刊本改。

⑥ "時逢": 正誼書院本作"時方"。

⑦ "撐": 正誼書院本作"架"。

⑧ "矣": 正誼書院本作"久"。

⑨ "俗子":正誼書院本作"俗士"。

⑩ "抱":正誼書院本作"獨"。

⑪ "波平":正誼書院本作"坡平"。

⑫ "幽鳥":正誼書院本作"宿鷺"。

⑬ "過不知":正誼書院本作"總不知"。

⑭ "僧畦瓜蔓長,農圃貝花稠":正誼書院本作"農畦瓜蔓長,僧圃貝花稠"。

⑮ 正誼書院本后有注云:"先生生於宋理宗甲辰年。"

⑯ 正誼書院本末二句爲"坐消清晝永,日暮不知回"。

⑰ "見":原作"頗",據正誼書院本改。

⑱ "陣陣":原作"滄滄",據正誼書院本改。

⑲ "蒼榕":正誼書院本作"荷塘"。

⑳ "童僕":原作"童行",據平仄與文意改。

㉑ "對":原作"坐",據文意改。

㉒ "揶揄":原作"揶揄",據文意改。

㉓ "艸":原本作"草",誤。

㉔ "吾甘渭水漁":正誼書院本末句作"誰憐渭水漁"。

釣磯詩集卷三

七　言　律

遊承天寺，海翁首座相與登月臺，因過方丈

偶趁秋風一到城,市廛①湫隘敗人清②。牽絲聊作逢場戲③,舉眼那知得月明。堂④外幡幢皆古意⑤,欄⑥邊萱草自秋聲。因過方丈⑦觀心印,見得⑧泥牛入海行。

再次前韻呈吴天遊居士

心在江湖身在城,暫分禪座覺神清。秋深竹葉敲窗響,晝静蕉花照眼明。吟罷燈⑨前窺佛偈⑩,夢回枕上數鐘聲。未能參透龐居士⑪,安得師門⑫掉臂行？

題誼上人石室

接石爲巢瓦縫攲,家風惟有白雲知。連筒遠取煎茶水,種竹先尋掛衲枝。庵小偏涵新世界,山空不見舊亭池。清宵一段西來意,林影參差月上時。

吕所盤以詩送茅柴酒與紅螺,用韻以謝

玉液新篘徹底清,瓊肌脱殼有餘馨。嗜茶杠自爲搜攪,食蛤空憐有典刑。脉脉客愁開白晝,紛紛雨脚下青冥。此時一領仙家味,應使靈均悔獨醒。

與汝翔池頭清坐

主人發興在林泉,故鑿方池翠竹邊。波動⑬日光翻素壁,水涵雲影倒青天。

蛙浮成字出復出,鼃没有紋圓又圓。却憶盤翁初到此,共看楊柳碧絲懸。

自湖尾至歐崎邨,一丘松竹,步入其間,乃白蓮堂。
有一老嫗,揖客而坐,道人云此師長娘⑭也。堂前
有兩樹梅,青脼可愛,徘徊久之,不覺日暮

笑踏冬晴過一邨,誰家松竹護柴門。初來猶似行婆室,良久方知鹿苑園。
煮茗相邀論白業,據梧不覺到黃昏。娟娟梅樹梢頭月,不待開花已斷魂。

夜臥中庭

一榻清風不用錢,臥看萬里沈寥天。明星落落纔數十,孤月亭亭照大千。
但見衣襟如潑水,不知身世是何年?可憐玉兔空辛苦,搗藥終宵那得眠?

江邊晚景

茫茫江水荻花秋,家在江邊得自由。稚子學漁攜小網,行人爭渡賃輕舟。
伴殘霞去無孤鶩,向晚潮來有白鷗。獨立沙頭誰共語?斜陽照破古今愁。

答城中⑮友人相勉求官

愁來自唱五噫歌,名利場中脚豈牢?君看青衫求熱炙,我憐赤子有寒號。
鶴沾衛祿猶堪薄,松受秦封豈足高?家在荻蘆叢畔住,分當簑笠釣江臯。

和所盤風字韻

二十四番花信風,到頭誰白又誰紅?尋春不用苦多感,有酒且須時一中。
吾輩於人長落落,浮生雖夢亦匆匆。未知今歲滄浯上,握手論心幾度同。

懷玉巖先生謫廣州,忽自古杭有書至

十二年前舊師友,書來欲拆淚成行。幾回相憶人千里,往事追思夢一場。

琴劍知辭南國久,干戈尚任北方強。傷心吾道秋容冷,遥憶師門數仞牆。

題楊子巖

抗塵走俗令人憎,因覓桃源作此行。畏日燒空時事惡,飛泉瀉石道心生。青天盡處孤舟渺,好鳥鳴時萬壑清。一老頭陀癯似鶴,殷勤煮茗爨風鐺。

聞復卿欲賜[16]訪,詩以促之

五年不見復卿回[17],有客傳言卿欲來。苔石生塵親手掃,蓬門久閉遣兒開。蒼波搖月銀成片,白鷺巢松雪作堆。料得城中此景少[18],速宜相就倒金罍。

重遊離相院

三年托跡此叢林,今日重來思轉深。雨過殘陽如月色,風來老樹似[19]潮音。青山歷歷留人住,白鷺悠悠寫客心[20]。日暮荒邨苦無伴,虛廊杖曳自行吟。

與所盤諸君會石幡還,和杜老曲江韻三首

清漣搖曳水中衣,知是寒從天際歸。乍可醉看青草發,不堪醒見落花稀。吾儕佳興未嘗減,四海劫灰猶自飛。安得晴江都變酒?罇前莫遣暫時違。

又

絮雲初擘未成衣,笑踏青莎橋上歸。詩酒堪過春日永,鶯花却恨海山稀。竹間弄[21]笛留人住,麥外遊絲絆鳥飛。滿院東風不收拾,山僧何事苦相違?

又

青禽竹上弄毛衣,飛上簷頭喚不歸。清景每於詩裏見,羈愁惟到海邊稀。僧回古殿山礬落,客散空齋蝙蝠飛。獨對青山已惆悵,此情猶是片時違。

暮雨

幾月環城萬騎屯,一朝聞韝便南奔。龍枯未必還憂螳,牛瘠胡為莫債豚。

典午既衰無管仲，吐蕃方熾有懷恩。臨風一掬英雄淚，散作彌天暮雨昏。

怪　　事

怪事年來見未曾，岸今爲谷谷爲陵。可憐龍向靈湫蟄，忍見猱來古木升。四載干戈多白骨，半宵風雨獨青燈。腐儒未識皇天意，不信荆舒竟莫懲。

天　　陰

天陰盡日黯無光，白骨縱橫滿地霜。真韃未多多僞韃，拒王不罪罪勤王。昔持耒耜今兵革，人食糟糠馬稻粱。正似鑊湯無冷處，年三十六死爲長。

秋　興二首

千年成敗事悠悠，獨上荒臺②滿目秋。底處歸帆來遠浦，何人吹笛倚高樓？山和疊疊寒雲迴，水帶瀟瀟暮雨流。回首故家零落盡，罇前誰與話離愁？

又

一歲四時秋最慘，況於人世尚流離。向來犬吠雞鳴處，今見猿啼鬼哭悲。淚灑黃花金燦爛，魂銷白骨玉參差。滿山寂寞秋梧冷，正是愁腸欲斷時。

聞吳丞圖漳倅

黃屋南巡去不回，乾坤舉目是塵埃。風輕山鳥猶啼恨，露重園花亦濺哀。隻影獨看西日落，滿城爭喜北人來。先生莫爲浮雲動，憂國雙眉皺未開。

吳丞遠寄和章

今古興亡凡幾回，垂芳遺臭等浮埃。蝶飛荒徑趨時樂，燕宿頹梁爲主哀。周粟不堪夷叔飽，漢車特載綺園來。書生恐被山靈誚，牢把柴門閉不開。

信　　步

榻上殘書已倦攤，幅巾藜杖出柴關。卜居宿鷺眠牛處，覓句殘蘆敗葦間。

心逐閒雲橫碧落，眼隨飛鳥度青山。忽然信步苔磯上，又得漁翁作伴還。

西興寺值雨，次吳警齋先生韻

松風一道作秋聲，閱盡山僧相送迎。佛法西來隨處見，梅花老去爲誰清？亦知身是客中客，試問朝來晴未晴。一笑大雄山下路，幽人攜手每同行。

七月望日再遊彌陀巖

彌陀巖下蒼榕樹，借我今年兩度游。客思淒涼無奈老，水光瀲灧最宜秋。便思乘興歸滄海，却恨知心遠白鷗。日暮強隨年少去，溪山好處盡成愁。

和義兄詩畢，偶憶竹莊、石隱二老寄此，煩爲問訊

爲向東林問起居，細詢李白近何如？攜琴想對青霞頂，覓句應巡碧玉除。無復風流陪二老，空憐憔悴似三閭。冰霜凜凜河流斷，安得雙魚送尺書？

晚道過鏡山寺借憩，未及曙而返

晚風殘照岸烏巾，小借禪床憩旅身。坐對新花忘故我，行看古月照今人。聊爲江畔騎驢客，難會雲間駕鶴賓。泡沫風燈成一笑，近來東海又揚塵。

九　　日

亂後黃花空滿籬，驚心節序屢推移。微吟聊續潘邠老，一笑難逢杜牧之。浮蟻共拌今日醉，食糕空憶太平時。牛山淚落龍山宴，付與西風一樣吹。

獨　　行

孤煙落日是何邨？向晚春聲隔水聞。白鳥遠來全似蝶，紅霞淡處却成雲。愁當落葉飛無數，詩比秋山瘦幾分。客寄他鄉原寂寞，獨行不是故離群。

次吳文之韻

江湖漫浪兩狂生，別後相思月一庭。期子未來燈是伴，逐貧不去筆無靈。

詩書東閣頭空白,勢利迷人眼孰青?安得世無黃口輩,遍遊天下作蜻蜓?

呈梅林顏宗之

陽峰一別十餘載,今日南關始見君。龜範馬圖俱寂寂,獸蹄鳥跡正紛紛。官名已逸歸郯子,竹紀終須入汲墳。造物無情余輩老,後生誰可托斯文?

與應得李洋歸

花時莫負此良辰,信杖閒行寂寞濱。日入峰頭成鶴頂,風吹沙磧皺魚鱗。飛來白鷺全城雪,倒去枯松半樹春。似此江山孤絕處,還應著此苦吟人。

江　鄉

蘆荻叢邊日正長,人間樂處是江鄉。溪童釣艇分魚鬧,鹽婦山爐煮蠱香。疏雨漏天青破碎,衝風滾浪白猖狂。鷗沙犢草皆詩料,每怪幽人覓句忙。

江　風

江風淅淅日將暮,庭葉紛紛天已秋。對酒欲消今夕恨,挑燈又動昔年愁。月如有意穿窗罅,蟲故移聲近枕頭。百感關心不能寐,起開塵匣看吳鈎。

贈浮曦柳秀才

家在浮曦江上住,胡為來此市廛中?殘盃冷炙成何味,隻研孤燈盍固窮?我本持竿釣魚客㉓,子緣識字入儒宮。何當共把絲綸去,明月磯頭坐晚風。

讀楚詞

鶗鴂一聲天地閉,誰知風月有遺音?清醒已脫塵中蛻,枯槁何妨澤畔吟?漁父不來湘水闊,重華一去楚雲深。青鐙半夜書幃冷,照破三閭萬古心。

次所盤山村韻

溪外青山山外邨,數間茅屋掩柴門。青裙竈下偷窺客,白髮堂中笑弄孫。

乞火煮茶燒土銼，隔籬貰酒舉匏尊。梅花不解留人住，山路歸來已夕昏。

讀易徹章呈濠樂主人

儂是寒江獨釣人，曾是樵叟見羲文。當時也似吞三畫，今日翻難説七分。萱草不堪瀕外望，梅花豈是野中群？解頤一笑明年事，未別先愁日暮雲。

寓居姚家村

平頭五十滄江叟，寄迹三家桑柘邨。尊酒不知誰主客，束書相伴過晨昏。有時獨步來沙際，盡日清譚倚樹根。一任傍人笑迂闊，此心欲與白鷗論。

麥秋和所盤休字韻

片片桃花逐水流，三分春色二分休。禁煙時節家家雨，種麥田園處處秋。山際夕陽猶觳觫，林梢曉露忽軥輈㉔。客中物候催人老，那更分成兩地愁？

次韻答必大

越雪從來招犬吠，平生獨欠是爲師。早知窮達皆天賦，晚覺文章與道虧。萬斛客愁吾老矣，一生心事子知之。殘盃冷炙成何事？空過人間五十期。

雨　後

雨後溪虛有斷雲，綠陰擁出絳榴裙。一枝強續春餘景，數點初收水上紋。今日高堂會賓客，去時此際避官軍。人生若得長無事，莫遣匆匆別袂分。

別濠樂主人

客中四月衣猶袷，桐下今年米似金。惘惘江山歸興動，悠悠歲月主恩深。三春已過仍淫雨，百事無緣空苦心。五十三年堪一笑，白頭底用覓知音。

次韻寄蘇仲質

十年前事付流水，清夢悠悠何處尋？老去誰憐三獻玉？生來不受四知金。

窮途賴有陳雷友,大雅應殊鄭衛音。俗子紛紛敗人意,何時握手再論心?

呈劉秋圃 劉志學,字師孔,晉江人,咸淳進士。宋亡,杜門不出,暮年種菊數十本,號秋圃,以陶潛、韓偓自方。

十年江上理絲綸,此日桐城喜見君。造化由來窮我輩,俗儒安得與斯文?人間腥腐荃俱化,圃內寬閒菊自芬。萬里秋天愁不盡,取將風月與誰分?

寄高尹

桐下歸來學釣魚,歲寒相伴只鷗鳧。何期天上郎官宰,肯到江邊處士廬?仲蔚自憐頭似雪,阿勤豈解唾成珠?郎君東閣相看久,莫但清吟廢讀書。

古藤

古藤屈曲似龍蛇,飛上簷頭㉕故故遮。煙密真成一翠幄,風清不入五侯家。忽看落葉知秋早,偶坐吟詩到日斜。恐有飛仙林杪過,呼童爲我整烏紗。

與所盤行溪邊,有一小屋可愛,問之,乃爲南山主人盤翁欲買。居越日,詩來有孟光到老不曉事,剛道還山活計非之句,用韻以勉之

相逢海上不須歸,兩鳥天教一處飛。何必盤中爲子所,苟堪釣處是吾磯。主人合讓泉邊屋,吟友來敲月下扉。聞道山陽曾好隱,此回休道孟光非。

移居三首

移居山北向山南,天遣清風接笑談。無數鳧雛穿稻町,一群鸂鶒語茭潭。竹臨清泚虛心直,蓮到黃昏笑靨含。卻憶姚家古藤㉖下,烏巾掛了晝眠酣。

其二

田間一路到天南,偶共山農野叟談。鳥過江來斜入樹,牛沿隄去倒行潭。蜻蜓影下波紋皺,穤稏穗中秋意含。日暮東陂渾似畫,倚風無數水葒酣。

其　　三

斷雲將雨過橋南，誰叩莊門憩雨談？雀喜客來喧古瓦，蛙嗔人過沒深潭。蓮房墮粉風初歇，稻葉抽珠水尚含。村釀沽來薄難醉，不妨此興爲詩酣[27]。

和　芸　齋

脫却簑衣下釣竿，豈無線路透玄關？斜風暫罷玄真去，明月來從太白攀。自是老懷俱惜別，偶陪清話不知還。夜來客枕秋聲起，磯上苔痕入夢斑。

張可大甥與古愚家兄遊陽孟巖，云巖已廢， 而舊日題壁之詩獨存，有感次韻

笑推窗户揖青山，茶鼎松風入耳潺。老去已知今世錯，貧來剩得此身閒。漱流枕石心長在，尋壑經丘步已難。六十年來醉題壁，那知尚在白雲間。

秋　　夜二首

缺月黃昏照短垣，一燈明滅尚留殘。衰頹但覺風霜苦，憂患不知天地寬。坐想興亡成感慨，起瞻星象倍辛酸。凍琴絃斷書幃冷，摵摵庭梧半夜寒。

又

紛紛敗葉已辭林，四顧淒凉夜色深。月伴征人驚夢枕，風搖戍婦搗衣砧。失群孤鴈千山影，無數寒蟲四壁音。滿目乾坤都是恨，顛毛白盡更愁吟。

和所盤端午韻

槐夏陰中鬢已秋，天風吹夢墮江頭。水應難洗湘纍恨，山豈能爲柳子囚？塵世不知幾端午，吾身大抵一虛舟。愁來細把君詩看，壓倒當時趙倚樓。

和所盤離相院山門納凉韻

坐對山門五月寒，朝朝暮暮此看山。風來翠篠青松外，人在珠宫貝闕間。

詩客歸時文几静,碁僧去後畫枰閒。禪房一枕清眠熟,夢把漁竿釣碧灣。

秋　　懷

何處秋聲在樹間,旅懷寂寞夜生寒。篔簹粉落見高節,薜荔青凋帶醉顏。午枕猶然飛豹脚,曉霜久矣染雞冠。流年偷向吟中換,老却詩人空等閒。

和所盤九日

石銛如劍夢猶危,風帽橋邊且任吹。山送落暉應恨速,月臨歸路不妨遲。欲從此夕頹如醉,試問明年健者誰?一笑罇前俱是客,可堪搖動菊花期。

和所盤闌字韻

遥想山齋客夢闌,朔風吹鬢怯闌干。黃花句裏空相憶,青鏡朝來獨自看。絕似東坡來海上,勝猶賈島渡桑乾。木奴千樹何須問?懷抱時因驥子寬。

元旦與可大江行

日出潮回生紫煙,水光山色弄春妍。底須椒栢來爲頌,且與鷗鳧叙隔年。風動微波靴面皺,苔粘枯石佛頭圓。老來須與溪童樂,爭倚蘆花學放船。

與可大水頭閒望㉘

暖入紗巾淡淡風,倚樓客思話㉙無窮。前山倒影㉚搖春水,野火飛煙入暮空。無數舟人相爾汝,一群沙鳥自西東。江流不礙鐘聲度,和雨收來入句中。

過方廣寺

故人昔日此題句,因入招提爲覓詩。石鼓長存僧屢換,窟泉猶在客何之?風簷落葉仍唐檜,苔壁生塵且宋碑。蝴蝶不知春已去,過墻猶戀舊花枝。

寓浯江識老魏秀才

衡茅蕭索泣寒蟲,獨自吟詩句未工。敗葉能令溝水黑,亂雲不放夕陽紅。

半生辛苦空儒服,一歲蹉跎又朔風。不意窮鄉有奇士㉛,暮年得拜鹿門翁。

再次前韻

月澹蓬門撩候蟲,窮通何必問天工？茶烹粟面紛紛白,燈吐花心灼灼㉜紅。屢改新吟添硯水,密翻㉝舊稿護窗風。相逢莫道龐公老,覽鏡先慚似老翁。

重九

病餘惟有骨崚嶒,節物催人祇自驚。肩比寒山爲獨聳,心將秋水覺雙清。整冠落帽真兒戲,采菊囊萸是世情。寂寞空齋捲書坐,欲持盃酒待誰傾？

小春

落盡千林秋又冬,慚無生意歲將窮。是誰借得三春力,爲我敷施十月中？種種草根含暖氣,鱗鱗水面發和風。江梅騰放南枝蘂,欲策陽回第一功。

晚行書所見

夕陽半落紅猶在,寒月初升白未勻。流水孤邨天欲暮,頹簷敗壁野無人。雀啁遺芥營巢急,蛛繹新絲織網頻。欲問前朝無故老,髑髏落地路荆榛㉞。

梅

歷盡風霜不受埃,始知渠是歲寒材。孤芳獨潔無由俗,百卉爭嬌未敢開。江驛傾欹留月伴,雪山凝冱帶春來。樗翁忘了桂花白,誤道柴桑不詠梅。

和心泉問柳

初曉晴曦爲寫真,嫣然一笑換千顰。緣誰青眼終無語,學得黃金不濟貧。生怕蠻腰來習舞,取爲蟬翳去瞞人。無端飛作漫天絮,撩亂東風祇自塵。

題心泉所贈李白畫像

太白仙人紫綺裘,千年遺像尚風流。狂來踏月共吟詠㉟,醉後呼天與唱酬。

唐室已無一抔土,潯陽今見㊲幾回秋。後身定是青霞老,何日分騎鯨背遊?

初　夏

當春一脉生生意,直到如今始潔齊。千樹向榮知靖節,一庭交翠見濂溪。柳塘花塢心應嬾,葵扇桃笙手自攜。猶自清和未蒸溽,可人日日竹亭西。

寓石鐘院作

托身蕭寺已踰年,獨掩山門守我玄。醉旭㊲一生耽草聖,老叉㊳幾度發詩顛。雨中裹飯無嘉客㊴,月下攜瓶有老禪。自笑五窮挨不去,縛船未了又燒船。

村　學

矛頭淅米末途難,活計僧梳刖屨間。老去歡悰如潑水,向來愚見欲移山。身穿犢鼻朝朝冷,眼見蠅頭字字艱。扶病來爲村學究,始知窮乏累清閒。

和呂之壽寄伯章韻

一片閒雲自在眠,人依乎地地依天。六經不朽道吾道,獨學無成年又年。鄉里小兒皆富貴,山川大海盡風煙。乾坤無著吾儕處,子在禪房我亦禪。

所盤已回故居月餘日,忽憶舊時興遊,因約再訪

匆匆別後又秋凉,佳句遥知塞錦囊。聞道拾遺流落久,歸尋小隱釣遊鄉。舊時鄰曲渾如夢,此日江東欲斷腸。擬待梅花攜斗酒,訪君船泊小溪傍。

和張原齋見寄

昔磨鐵硯已成空,今掉孤舟作釣翁。百丈依依牽夜月,一絲裊裊弄秋風。夢回牧笛樵歌裏,身寄鷗沙犢草中。獨把新詩輕萬户,故人相問有張公。

東歸擬再訪呂所盤,不果。所盤有詩,因次韻二首

對酒殷勤問後期,出門一步便相思。自從剡曲回舟後,長憶巴山聽雨時。

鶴髮無成應念我,貂裘已敝欲從誰?歸途不向盤中過,卻被清泉笑惡詩。

又

何處啼鵑送落暉,江山信美不如歸。子期死矣今安有?元亮來兮昨已非。世事悠悠春夢斷,人才落落曉星稀。白頭老伴惟君在,安得相隨繞樹飛?

送千巖摘稟還仲仁

借得千巖一卷詩,吟窗盡日不停披。蒼波溜雨岷峨栢,赤石封苔峋嶁碑。不是胸中橫卐剬,如何筆下許瑰奇?還君此寶文房裏⁴⁰,應有神明爲護持。

沙頭玩月

萬片魚鱗澹欲收,橫空不礙素光流。山河寂寂千年事,風露娟娟五月秋。且作希夷閒枕石,惜無李白共登舟。細看白兔何曾夜,應使深山魍魎愁。

春　花

花萼相承二月時,深紅淺紫總皆宜。好春安得長爲主,落葉那能再上枝?爛熳不因晴日麗,披離非爲晚風吹⁴¹。世間榮耀霎時事,誤盡世人人不知。

吳天遊竹莊諸公

市塵不礙古招提,笑踏西風暫此棲。松喜客來如解語,鳥知僧定不曾啼。問禪手向維摩⁴²合,覓句眉因領會低。恐見黃花歸未得,雲間何處可攀躋?

門　巷

門巷蕭條絶市聲,吟肩終日聳崚嶒。瘦如華表秋來鶴,貧似叢林旦過僧。渴吻漫消茶一椀,枯腸不飽稻三升。交遊豈是相違意?四十無聞自可憎。

自　知

古寺棲身又兩期,西風吹我鬢成絲。俗兒往往貌相敬,吾道悠悠心自知。

盡去皮毛方是學，若無情性定非詩。可憐千載相傳授，只爲秦人煨燼遺。

山　齋

草色苔痕挾雨驕，山齋一巷似漁樵。三叉路口時時犢，一曲溪流片片橋。風木參差泉上廟，煙帆來往海西潮。飄然忽起雲間想，白鶴高飛不可招。

和所盤自寬韻

憂患薰心兩鬢絲，倚欄瘦影對斜暉。淒其十載不儒服，衰老一生空布衣。未信此身長坎坷，細看造物實玄微。五更風雨因秋至，不見蚊蠅跋扈飛。

呈　古　直

芹泮西風寂寞濱，相逢不作白頭新。人知叔向古遺直，誰識堯夫今逸民？自古文章差底病，歷觀聖賢莫非貧㊸。老來安養浩然氣，我輩安能俯仰人？

呈　張　尚　友

秋風匹馬柳江邊，芹泮相逢意浩然。吏部文章懸日月，龍門史記在山川。輸君何啻百籌上，期我曾言千載前。造物無情吾輩老，後生誰可囑遺篇？

自　修

昔髩兩鬢今白頭，肯將胸次著閒愁。無邊風月隨宜樂，有分江山取次遊。但得捫心無愧怍，庶幾省己少衍尤。榮枯壽夭㊹無爲二，未死之前盍自修？

感　遇

本是畏人嫌我真，何人使我入城闉？客中誰問張仲蔚？夜半有呼祈孔賓。萬象不離心內易，□私壞盡世間人。半生㊺說過行無寸，石火光中寄此身。

貧　病

貧似山僧瘦似猿，病軀只合老山村。空床瓠㡰無氈卧，破褐繿縿有虱捫。

作甫里翁垂釣艇[46],學猗玗子飲窪[樽]。樽前追慕吾何敢？孤負西埔矩老言。

寄肯體

三年雲臥一身閒,惟有君來蕭寺間。既是君平爲世棄,不妨巢父掉頭還。平生學道魚千里,晚歲參禪豹一斑。惟有聖賢真實地,吾儕努力莫辭難。

磊落

磊落襟懷人不知,回頭堪嘆亦堪悲。盃殘炙冷窮工部,齒豁頭童老退之。十事有九不如意,百年踰八亦何爲？早知人世暗如漆,只合竃間食蛤蜊。

用伯恭次信兒韻,因以示之

老至如斯更不愆,此生自斷總由天。丈夫事到蓋棺定,男子生隨墮地緣。誤讀銀車知昶拙,點成珠唾賴勤賢。孤槎欲泛千尋海,常望龍驤萬斛牽。

病中作

獨坐茅簷靜養痾,亦知來日苦無多。此心不動窮無鬼,元氣將衰病有魔。嘆老嗟卑非我事,貪生怛化欲何如？平生不爲浮屠惑,自作幢峰土一窩。

養痾

八尺空床坐養痾,老來真是病維摩。羲皇大道無爲爾,造物小兒如我何？許久乾坤無處着,這些軀殼累人多。何當飛入虛空裏,骨肉收歸土一窩。

賞梅分韻得殊字

梅是花中先覺者,天才迥與衆芳殊。朔風如鍊爲寒骨,暖日投金作細鬚。吐出奇芬春意思,描成疏影月工夫。玉容清潤豐腴甚,無限詩人錯道癯。

破屋

數間破屋住陳人,八尺空牀臥病身。赤腳婢沽深巷酒,蒼頭奴買對江鱗。

匣中菱鏡難藏老,階下苔錢不濟貧。百念已灰何自苦,邇來喜與孟家鄰。

晚　　步

片月黃昏掛客愁,杖藜閒過水西頭。嬋娟正喜臨清沼,菡萏無端枕碧流。入暮江山渾似畫,向南門巷已先秋。稻田盡處爲滄海,時見乘風萬斛舟。

次韻徐學正九日

秋逢重九亦將闌,換得黃花青艸顏。節物只能催我老,人生那得似雲閒？有心采菊非知菊,無意看山卻見山。欲識淵明得真趣,夕陽倦鳥正飛還。

寄題朱推官竹齋

萬紫千紅轉眼非,高齋惟與竹相宜。自從出地有清節,直至參天無曲枝。六月高標寒凛凛,三冬秀色綠猗猗。此君妙處無心得,道在虛中人不知。

章法院中作

一入紫雲深更深,游僧亦喜不相尋。已無塵事敗人意,時有書聲雜梵音。浩氣養成天地小,欲心掃盡鬼神欽。人生能有幾七十,自愛當如百煉金。

自　　愧

自愧生無濟世才,茅齋高臥白雲隈。堂堂玉立窗前竹,疊疊錢鋪砌上苔。白鳥去邊春日落,青山斷處晚潮來。逢人不必言時事,共把情懷對酒開。

獨　　立

西風吹我鬢髻髻,獨立庭中影隨形。一歲露從今夜白,百年眼對老天青。經秋不脫無多樹,近月能明有幾星。惆悵前修人去盡,後生誰可囑遺經。

御史馬伯庸與達魯花赤徵幣不出

皇帝書徵老秀才,秀才嬾下讀書臺。張良本爲韓仇出,黃石特因漢祚來。

太守枉勞階下拜,使臣空向日邊回。牀頭一卷春秋筆,斧鉞胸中獨自裁。

　　後學林霍曰:偶閱《堯山堂外紀》,見洪武初,太祖將召楊維楨用之,令近臣促入京師。維楨托疾固辭,作詩曰:"天子來徵老秀才,秀才懶下讀書臺。商山肯爲秦嬰出,黃石終從孺子來。太守免勞堂下拜,使臣且向日邊回。袖中一卷春秋筆,不爲傍人取次裁。"或勸上殺之,上曰:"老蠻子正欲吾成其名耳。"遂縱之。按:此詩乃吾鄉丘吉甫先生却聘作也,頷聯字有不同耳。不知《外紀》何從得此?考《楊維楨傳》:大明革命,召諸儒修禮樂書。洪武三年至京師,有疾,得請歸,非終不出者,乃敢有秦嬰等語比擬不倫耶?吉甫先生一詩,斧鉞風霜,載在郡邑舊志,同安故老皆能誦之,且其遺集卓然在也。楊維楨前嘗出仕矣,吉甫先生故宋秀才也,是不可無辨。

【校記】

① "市廛":原作"市塵",據文意改。

② "敗人清":正誼書院本作"招提清"。

③ "牽絲聊作逢場戲":正誼書院本作"回頭正好看潮滿"。

④ "堂":原本作"寂",據正誼書院本改。

⑤ "皆古意":正誼書院本作"垂夜影"。

⑥ "欄":原本作"堂",據正誼書院改。

⑦ "方丈":原作"方寸",據正誼書院本改。

⑧ "見得":正誼書院本作"曾見"。

⑨ "燈":正誼書院本作"龕"。

⑩ "偈":正誼書院本作"火"。

⑪ "龐居士":正誼書院本作"龐公偈"。

⑫ "師門":正誼書院本作"空門"。

⑬ "波動":正誼書院本作"波蕩"。

⑭ "娘":正誼書院本作"母"。

⑮ "中":原作"人",依正誼書院本校正。

⑯ "賜":正誼書院本作"見"。

⑰ "回":正誼書院本作"面"。

⑱ "此景少":正誼書院本作"無此景"。

⑲ "似":原作"如",按平仄應爲"似"。

⑳"寫客心":正誼書院本作"恕我心"。

㉑"弄":正誼書院本作"長"。

㉒"荒臺":正誼書院本作"危峰"。

㉓"釣魚客":正誼書院本作"釣滄海"。

㉔"山際夕陽猶鷇鵤,林梢曉露忽軥輈":正誼書院本作"山際夕陽歸鷇鵤,林梢晚月叫軥輈"。

㉕"簪頭":原作"梢頭",正誼書院本作"簪頭"。

㉖"古藤":原作"古潭",據正誼書院本改。

㉗"詩":原作"時",據正誼書院本改。

㉘"閒望":正誼書院本作"閒坐"。

㉙"話":正誼書院本作"浩"。

㉚"倒影":正誼書院本作"涵影"。

㉛"奇士":原作"奇事",據正誼書院本改。

㉜"灼灼":正誼書院本作"閃閃"。

㉝"翻":正誼書院本作"糊"。

㉞"髑髏落地路荆榛":正誼書院本作"髑髏墮地蔽荆榛"。

㉟"共吟詠":正誼書院本作"同游戲"。

㊱"今見":正誼書院本作"曾見"。

㊲"醉旭":正誼書院本作"張旭"。

㊳"老叉":正誼書院本作"劉叉"。劉叉傳見《新唐書》卷一百七十六。

㊴"嘉客":正誼書院本作"閒客"。

㊵"還君此賣文房裏":正誼書院本作"還君此帙山房裏"。

㊶"爛熳不因晴日麗,披離非爲晚風吹":正誼書院本此兩句作"爛熳豈因晴日麗,披離却爲晚風吹"。

㊷"維摩":原作"維磨",據文意改。

㊸"貧":原作"貪",據文意和押韻改。

㊹"夭":原作"妖",據文意改。

㊺"半生":正誼書院本作"平生"。

㊻"垂釣"前原衍一"坐"字。

釣磯詩集卷四

五 言 絶

題信中隱秋江捕魚圖

逸興寄滄洲,高風落木秋。欲攜我簑笠,渡口上漁舟。

極 目

群動①寂無聲,四野澹將夕。中庭聊極目,一鳥渡空碧。

晚　　行　刊本下增"書所見"三字。

山澗雨初收,涓涓水亂流。樹根一片石,童子坐牽牛。

梅　影二首

山空歲年晚,老氣寒崢嶸。耿耿霜月夜,相看直到明。

其　二六言

冷蘂疏疏密密,老枝怪怪奇奇。孤高不得春力,雅淡惟應月知。

喜雨示兒姪四首

維天降靈雨,物物均所蒙。胡為茲稼穡,不如草芃芃。

其　二

維天降靈雨,雖遲良勝無。百穀頓蘇甦,民憂不少紓。

其　三

維天降靈雨,豈不雨石田?我自磽且确,枯悴莫怨天。

其　四

維天降靈雨，而或惰不耔。他時無歛穧，誰憐汝啼饑？

金　櫻　子二首

采采金櫻子，采之不盈筐。佻佻雙角童，相攜過前崗。

其　二

采采金櫻子，芒刺鉤我衣。天寒衫袖薄，日暮將安歸。

伯恭姪家書所見三首

百舌在墻東，其子在墻西。縱有反哺日，那得如哺兒？

其　二

百舌在墻頭，其子在墻根。飛飛拾蟲蟻，哺之何殷勤？

其　三

百舌在墻廉，其子在墻陰。他年汝哺兒，方識父母心。

七　言　絕

六月初二日作

萬古青天萬古山，頹然形氣太虛間。氤氳開闔無窮妙，只見飛雲日往還。

客　中二首

孤客思家坐似瘖，溪風吹樹爲悲吟。溪中流水深千尺，未抵慈親憶子心。

其　二

曉起征衫瘦漸寬，可堪秋入鬢絲寒。客中萬葉[②]皆歸本，自把牀頭易卷看。

秋夜前韻二首

觸事嫌猜只一瘖，出門固羨砌蟲吟。無情河漢西流去，惟有白雲知此心。

其　二

萬斛秋愁強自寬，夜深風露伴孤寒。亦憐萬里長空月，只得窗前一片看。

章法院堂中清坐

到此人空法亦空，跏趺獨坐夜方中。清還風去明還月，自己清明只在躬。

輓心泉蒲處士二首

把釣秋風辱贈詩，傷心無路送靈輀。欲書誄語應難盡，獨倚寒梅照石漪。

又

欲持雞絮列墳前，俗了青霞頂上仙。只合化爲溪畔鷺，乘風飛去弄清泉。

次歐陽少逸呈雪庭③韻三首

蘋婆影鏤日華明，照見枝頭果已成。却是南風有吟思，時將萬葉作秋聲。

又

吟得秋聲滿院涼，不知六月有驕陽。禪心已是空諸相，無奈瓶花故故香。

又

瓶花故故透禪房，師自無心花自香。客散夜深歸定裏，白生虛室月無光。

北山聞鐘亭

曉來草木自澄鮮，不到山中又五年。惆悵聞鐘人不見，空餘古木鎖寒煙。

鰲山閣

閣上南薰聲作秋，俯看木末翠光浮。倚窗忽見金雞落，滾出前溪一線流。

遊碧霄，石鐫一壽字，今七十二年

當時石上誰爲鐫，亭已荒蕪字儼然。七十二年幾陵谷，道人曾共字同年。

永寧庵

路入永寧方午陰,禪師聊復坐沉吟。欲將門外葫蘆水,倒作田間三日霖。

下洞

天香亭下影婆娑,四畔高林結綠蘿。雲外飛仙不曾見,唯應翠樹閱人多。

百丈石

北風吹我過崢嶸,片石中間水一泓。世事由來總如此,枉教辛苦爲虛名。
百丈石,虛名也。

臘月二十九日,陳萬石、石室、呂潛心三兄相訪,夜來分韻得年字二首

二十年前舊師友,一燈相對坐談玄。爐香茗椀不須睡,唯有今宵是舊年。

又

一年一度一除夜,趲得世人霜滿巔。七十三年除過了,未知除盡是何年?

歸憩澗亭橋

雨後溪流深更深,倚欄照見一生心。青山只在橋南北,枉自穿雲渡水尋。

溪西李家

秧鍼初出未全青,昨夜岡頭冷雨晴。日暮採樵人去後,一痕淡月亂蛙鳴。

【校記】

① "群動":原作"群形",正誼書院本作"群動",按五絕詩平仄,當以正誼書院本爲是,因改。
② "客中萬葉":正誼書院本作"客窗落葉"。
③ 正誼書院本"雪庭"後多"禪師"二字。

釣磯詩集卷五

警學遺言

蓮　　生三首

蓮生汙泥中，其葉何青青。人生有恒性，云胡蕩於情？

其　　二

蓮生汙泥中，其葉何郁郁。人生有恒性，云胡蔽於欲？

其　　三

蓮生汙泥中，其實何戢戢。人生有恒性，云胡狃於習？

觀　　潮四首

潮來沙石沒，潮去沙石露。士生那無學，學則詞章富。

其　　二

潮來舴艋正，潮去舴艋欹。士生那無學，學則氣習移。

其　　三

潮來魚網設，潮去魚網收。士生那無學，學則德業優。

其　　四

飛飛洲上禽，亦能戾于天。聖域尚能臻，吾車安敢旋？

太　　陽五首

太陽一入地，亦足蒸成霞。老學儻能勉，聲績豈不華？

又

太陽一入地，尚能掣成電。老學儻能勉，氣質豈不變？

又

太陽一入地,照月還生光。老學儻能勉,繕性豈不臧?

又

太陽一入地,經天返復返。老學儻能勉,去聖豈云遠?

又

君子之於學,没身而後已。苟未至隕越,敢不湛攸止?

石榴花三首

英英石榴花,不火而自晰。凡今之人兮,誰不附炎熱?百鬼瞰高明,朱丹易傾跌。

其二

英英石榴花,不朱而自赤。凡今之人兮,誰不悦媚色?脂水漲渭流,妍姿竟傾國。

其三

莫峙而匪山,莫流而匪川。人生有懿德,萬性同此天。云胡不自責?聽此六賊牽。

觀物四首

太虛寂無朕,妙感何絪緼?清濁一浮沈,二儀奠乾坤。客形與客感,萬變日紛紛。形感本來無,志誠諒斯存。

又

氣聚則明施,氣散則明匿。孰能知其妙?聚散乃爲客。法象乃糟糠,真機乃虛寂。大哉無方體,是謂神與易。

又

萬物即一物,一物即一身。妙合氣與靈,知覺日以新。物物爲過化,性性爲存神。踐形者惟肖,其斯之謂人。

又

春蒲發華滋,潮漲失沙嘴。好風自西來,吹皺一江水。何人掉孤舟,撐入春浦裏。不見舟中人,一陣鷗飛起。

釣魚

釣魚如之何,亦惟釣與絲。爲學如之何,亦惟行與知。擇善必固執,誠意毋自欺。博我復約我,至之而終之。先民莫不然,予曷敢有虧?但恐寒者至,莊敬以自持。

勉呂之壽

汎汎水中舟,有紼以麗維。蕩蕩人之情,有禮以執持。武公年九十,猶思慎其儀。吾儕未耄老,盍亦相箴規。云胡工誦說?志行乃有虧。此病當自省,所差只毫釐。勉哉爲己學,先民不我欺。

雀

雀在在屋上,雀在在屋下。喧啾各有聲,食息同晨夜。所以異者何?仁義非外假。云胡不自養?乃至爲物化。嗟余雖老倦,亦少知取舍。凜然保厥衷,貴富直土苴。

濂溪先生義方堂瞻先賢遺像

龍龜不再出,誰能探真精?圖書天所付,手授之二程。欲知千載意,窗外草青青。

康節先生

三十六宮中,手探足還躡。一元十二會,理亂在目睫。我欲從先生,□□□□□。

橫渠先生

性命同一原,誰能發其奧？茫茫太虛中,指出天與道。精思與力踐,千古爲獨到。

韋齋先生

石井初筮時,已將教爲政。真成叔梁紇,有子爲孔聖。至今鼇山下,過者莫不敬。

晦庵先生

六經重刊定,炳炳如日月。毫分而縷析,反約以詳説。千載開我人,遺書□□□。

忠簡先生

炎炎太平翁,誰敢觸其諱？乞梟之藁街,公乃明大義。至今讀諫疏,凛凛有生氣。

怡園先生

三朝秉樞要,鉅文飾皇猷。中原爭一髮,忘却君父讐。暮年玉和堂,抱膝空隱憂。

題竹西獨宿寮

獨行不愧影,獨臥不愧衾。樂哉抱吾獨,守此一片心。此心寂不動,衆欲無由侵。孔昭在潛伏,所貴惟一欽。

閉户

芝蘭豈是爲人香？濁世紛紛貴自藏。閉户不求如意事,讀書自得養心方。卓然有見如參倚,操則常存勿助忘。但使天根常活潑,小園花卉亦相羊。

養　氣

養氣須令四體充，飢寒不動是英雄。常羞仲子徒三咽，稍似顏淵只屢空。舉動未嘗爲物礙，精神若可與天通。氤氳開闔無窮妙，祇在綿綿一息中。

亦足軒中試墨

滎河無復見龍馬，車子鉏商乃獲麟。虞夏不存暴易暴，詩書何罪秦又秦？古來尚有拏舟者，今世那無伐木人。天地閉時應且隱，确乎不拔爲潛鱗。

理　欲

理欲分明有兩途，何爲捷徑世爭趨？豈愁今古無公論？長恨乾坤有腐儒。甘與徂徠爲鬼怪，肯猶介甫接浮圖。從來逆迪分凶吉，於穆昭昭不可誣。

示　兒

喫緊爲人毋自欺，吾猶失學況吾兒。人誰無過過須改，道不遠人人莫知。一定萬牛拖不動，少差駟馬亦難追。如今老去空惆悵，八十年前盡背馳。

一　中

莫把三才別立根，此身亦自一中分。四時環繞天包地，萬片捲舒山出雲。道在靈臺常潑潑，氣歸元海自沄沄。百年保合太和內，老學無成恐有聞。

六十六歲吟

維天於穆命無殊，人性皆由氣與虛。貴賤何須爲物役，芳菲祇合返吾初。讀書自覺年年誤，學道惟應念念除。轉世長民今已矣，某丘某水且樵漁。

次晦庵先生韻自警

我非欠缺聖非餘，此性皆由氣與虛。欲認存亡爲出入，莫嫌麤糲慕膏腴。

仰鑽未得有門入,酬酢方知講學疏。一息猶存毋敢懈,從今要下死工夫。

八　十

一裘一葛一綸巾,包裹父生師教身。不見分毫裨世界,空遺八十有年人。老無聞道安可死?閒得讀書惟一貧。四萬八千毛孔裏,從頭看得總皆仁。

八　十　四刊本下增"歲吟"二字。

百年尚有一十六,天不窮人人自窮。未解寡尤并寡悔,若爲知至又知終。如真可死何妨死,欲養不中那得中?無可奈何委諸命,狂瀾終久必須東。

視　夜

我興視夜夜未明,抬頭觀星敬自生。萬古不動惟北極,列宿環拱俱西傾。天光昭回泰宇定,人欲净盡靈臺清。但能勿使旦晝牿,天理觸處盡流行。

求　約

求約未能休厭煩,每於得處自難言。書曾過眼平心看,道不依形觸目存。木末草根如有見,山巔水際盡逢源。可憐日月惟空過,羞聽鐘聲送黃昏。

清　晝

誰信茅茨即玉堂,閒來清晝似宵長。二儀升降太虛內,一静消磨萬意忙。忿慾俱空心自正,行持無力夢猶狂。可曾濯足滄江水,飛上雲間千仞岡。

送　春

一物生生無盡時,落花啼鳥總天機。三千界內知音少,九十日餘回首非。世事只今看爛熟,詩人自古愛芳菲。年年歲歲送春去,何日春能送我歸?

老學忽有所得

刊落閒枝葉,推尋到本根。始知酬酢處,無地不乾坤。

記　先　賢

進學在致知,涵養須用敬。廓然而大公,物來則順應。

觀　物

雪中梅帶春來,火裏麥將秋至。一動一靜互根,陰陽未嘗相離。
維天於穆不已,維聖之德之純。人人皆可堯舜,物物各具乾坤。

暗　室

一幾善惡未分時,善本無爲莫僞爲。暗室休言人不見,此心纔動鬼神知。

有　感

萬古有條平坦路,東西南北甚分明。世間多少惺惺漢,盡向荆榛裏面行。

和晦庵啓蒙韻

有人見得地中雷,三十六宮從此回。盡太虛中俱是易,底須龍馬負圖來。

補 遺

梅 花 賦

天地栗烈,枯摧朽拉。彼苗者英,瑞此窮臘。月方盈十,胚毓消息。此如先天,畫前有易。苞萌未露,白賁已具。此如河圖,中藏五數。謚我乎貞乎,而尚德以清乎。而展如之人兮,孤高不羈。含者如佇,秀者如語。拆者如粲,墜者如舞。蒼官清士,列位巖坳。如晏平仲,善與人交,霜風撼傾,華萼敷榮。如蘇中郎,抗節龍庭。互交遞倚,條枝萬藥。又若武侯,草廬未起。林薄摧頹,霜饕雪埋。又若園綺,皓鬢皚皚。庶類不可得而友,東皇不可得而臣。可以冠掄魁,而獨步於搖落之後。可以腼鼎實,而棲身於寂寞之濱。清而不隘兮,與俗無競。涅而不緇兮,與道爲鄰。此崇桃積李所弭耳下風,而不敢繼其後塵也。嗚呼噫嘻!古今愛梅之人,奚啻千百?不污以壽陽之脂粉,則誣以高樓之羌笛。不比色於東鄰之艷冶,則較香於南海之耶律。是皆未識梅之丰采,而徒外觀其形迹。林逋何遜,賦詠何益?余獨對花,不言而默。

周 禮 全 書 序

《周禮》一書,周公爲天地立心,爲生民立命,爲萬世開太平之書也。後世之君臣,每病於難行也。何居?葉水心謂《周禮》晚出,而劉歆遽行之,大壞矣,蘇綽又壞矣,王安石又壞矣。千四百年更三大壞,此後君臣病於難行,然則其終不可行乎。善乎真西山之言曰:"有周公之心,然後能行《周禮》。無周公之心,而行之則悖矣。"周公之心何心也?堯、舜、禹、湯文武之心也。以是爲書,故能爲天地立心,爲生民立命,爲萬世開太平也。歆也,綽也,安石也,無周公之心而欲行之,適所以壞之也。有能洗滌三壞之腥穢,而一以性命道德起天下之公也,則是書無不可行矣。鄭、賈諸儒，析名物、辨制度，不爲無功，而聖人微指，終莫之睹。惟洛之程氏，關中之張氏，新安之朱氏，其所論説不過數條，獨得聖經精微之蘊。蓋程、張、朱氏之學，心學也，故能得周公之心，而是書實賴以明矣。今新制以六經取士，乃置"周官"於不用，使天下之士習《周禮》者，皆棄而習他經，毋乃以"冬官"之缺，爲不全書耶？夫"冬官"未嘗缺也，雜出於"五官"之中。漢儒考古不深，遂以《考工記》補之。至我宋淳熙間，臨川俞庭椿始著《復古篇》。新安朱氏一見，以爲"冬官"不亡，考索甚當，鄭、賈以來皆當斂衽退三舍也。嘉熙間，王次默又作《周官補遺》，由是，《周禮》之"六官"始得爲全書矣。葵承二先生討論之後，加之參訂，的知"冬官"錯見於"五官"中，實未嘗亡，而"太平六典"，渾然無失，欲刊之梓木以廣其傳，是亦吾夫子存羊愛禮之意。萬一有觀民風者轉而上達，使此經得入取士之科，而周公之心，得暴白於天下後世，則是區區之願也。同志之士，則亦思所以贊襄之哉！甲子歲冬十一月朔，後學清源釣磯丘葵吉甫書，時年八十有一。

呂圭叔先生贊

泉南名賢，紫陽高弟。造詣既深，踐履復至。致身事君，舍生取義。所學所守，於公奚愧？

謁坪庵①

探奇窮海印，乘興陟高阡。護驥標芳烈，昇鸞證夙緣。祠幽深樹合，碑古碧苔沿。遺踪猶可訪，落日馬坪煙。

題小山叢竹

床頭枕是溪中石，井底泉通菊下池。宿客不懷過鳥語，獨聞山雨對花時。

【校記】

① 鈔本將此詩置於五言律詩卷後。

附　録

丘吉甫先生傳

丘先生名葵,字吉甫,同安人。其家小嶝嶼有釣磯,因以自號。先生丰神峻異,鬚長徑尺。補郡弟子員,慨然慕朱紫陽之學。嘗師呂大圭,大圭師王昭復,昭復師陳淳,淳師文公,故先生得其傳。刻志自勵,及見宋事日非,絶意進取,以耕釣養親,而與呂肖翁號所盤爲友。景炎元年,先生三十六歲,蒲壽庚以泉州叛,降元。幼主南航,呂大圭遇害。先生痛憤不欲生,所爲詩歌憂悲恫切,讀之能令壯氣堅髮,亦可感泣沾襟。晚年知不可奈何,如一意著書。所著有《四書日講》、《易解疑》、《詩直講》、《書口義》、《春秋通義》、《禮記解》、《周禮補亡》、《經世書》、《聲音既濟圖》。得其傳者爲呂椿,字之壽,晉江人,幼從先生學,貧隱授徒,詞賦敏捷,亦著有《春秋精義》、《詩書直解》、《禮記解》。後元遣御史馬伯庸來徵,託種圃自匿。已而,率達魯花赤賫幣至家,竟力辭。伯庸悉取其書以去。先生有詩曰:"皇帝書徵老秀才,秀才懶下讀書臺。張良本爲韓仇出,黃石特因漢祚來。太守枉勞階下拜,使臣空向日邊回。牀頭一卷春秋筆,斧鉞胸中獨自裁。"因喻諸子曰:"昔周公孔子云云,吾既不能挽江河以爲恨,奈何受其牢籠哉?吾老矣,死之日,慎勿治墳塋,惟深藏地下,勿爲人所識。"年九十,以宋處士終。

（《釣磯詩集》,清道光汲古書屋刊本、同治正誼書院刊本）

《閩書·英舊志》二則

丘葵,字吉甫,居海嶼中,因自號釣磯。蚤有志考亭之學,初從辛介甫,繼從信州吳平甫授《春秋》,親炙呂大圭、洪天錫之門最久。風度端凝,如立鶴振鷺。宋末科舉廢,杜門勵學。所著有《易解義》、《書解》、《詩口義》、《春秋通義》、

《四書日講》、《經世書》、《聲音既濟圖》、《周禮補亡》。元時,倭寇至其宅,他無所犯,惟取遺書以去,故其著述多無傳者。

魏秀才,逸其名,居浯江之上。丘葵贈詩二章,其一:"屋茅蕭索泣寒蟲,獨自吟詩學已工。敗葉能令溝水黑,亂雲不放夕陽紅。半生辛苦空儒服,一歲蹉跎又朔風。不意窮鄉有奇事,暮春得拜鹿門翁[①]。"其二:"月淡蓬門掩候蟲,窮通祇解問天工。茶烹粟面紛紛白,燈吐花心灼灼紅。屢解新吟添硯水,密糊舊稿護窗風。相逢莫道龐公老,覽鏡先慙似老翁。"其人有太上隱者之風,不可使泯泯也。

（明何喬遠《閩書·英舊志·丘葵》）

丘葵傳

丘葵,字吉甫,居海嶼中因自號釣磯。初,治《春秋》學,親炙呂大圭、洪天錫之門最久。宋末科舉廢,杜門勵學,著述甚富。元時倭寇至其宅也,無所犯,惟取遺書以去,故所著多無傳者。

（清《福建通志》卷一百八十七《列傳·丘葵》）

丘葵傳

丘葵,字吉甫,同安人。爲諸生,居海嶼中,號釣磯。風度凝然,如振鷺立鶴。蚤有志于紫陽之學,初從辛介甫,繼從信州吳平甫授《春秋》。親炙呂大奎、洪天錫之門最久。宋末科舉廢,絕意進取,杜門刻志厲學,耕釣自給,不求人知。景炎元年,大奎遇害,葵痛憤忘生,爲詩感激壯烈。晚一意著書,所著有《易解疑》、《書口義》、《詩直講》、《春秋通義》、《禮記解》、《四書日講》、《經世書》、《聲音既濟圖》、《周禮補亡》。後,元遣御史馬伯庸來徵,託種圃自匿。已而,率達魯花赤賫幣至家,竟力辭,有《卻聘述詩》一首,庸等取其遺書以去。故其著述多無傳,今惟存《周禮補亡》及《釣磯詩集》。卒年九十,配享朱子祠中。門人有呂椿。《舊志》、《閩書·續弘簡錄》、《林滄湄文藁》合參。

（清《泉州府志》卷四十一《宋列傳·丘葵》）

丘葵傳

丘葵，字吉甫，爲諸生，居海嶼中，號釣磯。風度凝然，如振鷺立鶴。蚤有志於紫陽之學，初從辛介甫，繼從信州吴平甫授《春秋》，親炙吕大奎、洪天錫之門最久。宋末科舉廢，絶意進取，杜門刻志屬學，耕釣自給，不求人知。景炎元年，大奎遇害，葵痛憤忘生，爲詩感激壯烈。晚一意著書，所著《易解疑》、《書口義》、《詩直講》、《春秋通義》、《禮記解》、《四書日講》、《經世書》、《聲音既濟圖》、《周禮補亡》。後元遣御史馬伯庸來徵，託種圃已自匿，而率達魯花赤賫幣至家，力辭，有《卻聘述詩》一首。庸等取其遺書以去，故其著述多無傳，今惟存《周禮補亡》及《釣磯詩集》。卒年九十，配享朱子祠中，又祀鄉賢。門人吕樁克紹其學。《閩書·續弘簡録》、《林滄湄文集》合參。

（民國《同安縣志》卷二十九《儒林録》）

張日益訪丘釣磯先生故居記

同遵海而南，巨島錯列，小嶝於諸島，若漚浮海上，最渺也。而五百鍾靈宋丘釣磯先生獨産其上。先生後朱考亭百餘年，而道學獨祖考亭，淪落腥風，歛德自全。考《清源集》諷景炎陰霾之歌，憂悲恫切，若商山之遭秦世。讀《梅花》一賦，見其孤高幽潔，有騷人信芳之情。蓋其佔畢論世，知有先生矣。萬曆壬子歲，蔡虚臺公重脩邑志，獨高先生之風，而余居去小嶝一水，不能詳言其遺宅故墟，余病焉。乃於季夏之八日，戒小舟，約王茂才諸君爲訪古蹟。舟行而東，過虎砦之前，旋及懸崖。崖下白沙數武，有泉出沙之三石間，瀅徹而甘，即郡乘所載"仙人井"者。於是緣崖西南行，多石，或峭或圓，有方石周幾尺許，鐫爲象馬嬉局，而於中分一道，則鐫"萬機分子路，一局笑顔回"十字，已遭琢没，"萬機分"及"回"四字完明可摹，草甚工，蓋先生手筆云。由局步漸西，則先生"釣石"在焉。從此東行半里許，爲鐘山之南，有寺曰"章法"，肇於宋，而北則先生之所，宅址不半畝。蓋自高皇帝以倭故，徙嶝民，一輿②皆墟。成化初，復舊籍，丘氏俱望鐘山之麓列屋，而先生之草堂竟廢，所從來遠矣。余與諸君遡風撫景，不能去，而先生之裔朝準君出所藏先生之詩一編，讀之。先生之洞天人、徹性命，觸發皆真。至《天陰》、《怪事》、《寄吳丞》、《和吕之壽》、《辭元聘》諸章，能令壯氣竪髮，亦可感泣沾襟。蓋天地陽九之運，聖賢道脈之傳，先生籌之審矣。勉學丘園，彌高彌劭。先生之意，固不在乎山水垂釣之間，其所託以自晦焉，而爲生人明大義，爲天地辨大分，百餘年考亭統緒，雖當昧塞大變之秋，猶有所存以不墜，則先生之功大矣。然先生之高蹤逸韻，距今而後，知其詳則豈非有數也哉！既歸釋楫，遂記之。萬曆四十年壬子季夏望後三日，後學張日益書於海雲館。

按：道光汲古書屋刊本記末有"後六十一年壬子，後學林霍删訂。時仲夏廿日"十八字。

（《釣磯詩集》，同治正誼書院刊本）

林國華道光刊本書後③

宋末元初，承道統之正、守志士之節者，在北則有如許魯齋，在南則有如吳草廬，而吾閩吳公朝宗、丘公吉甫，亦皆一時隱君子也。魯齋、草廬被遇世祖，爲時儒宗，其所著書貴顯於世。吳公《聞過齋集》，儀封張中丞撫閩時梓行之。乃丘公所著之《易解疑》、《書直講》、《詩日義》、《春秋通義》、《禮記解》、《四書日講》、《經世書》、《聲音既濟圖》諸篇④，今皆不傳，獨《周禮補亡》近刻於裔孫某諸生，然尚未見其書，余甚惜之。日得童君淵若宗瑩所藏《釣磯詩集》五卷，爲林子穫原本。讀之，如《卻聘述詩》一首，亦在其中。惜多亥豕，亟爲鈔正開雕⑤。嗟夫！如公之志節、文學，即無詩文亦傳，而吉光片羽之存於世，亦後學者所欲亟見以爲欽式，又以知晶光寶氣，長與天地相爲終古，雖歷世久而不泯，而爲士者不可不勉，所以益傳正學於無窮也。

道光歲次丙午年初冬之月，龍溪林國華樞北書後。

（《釣磯詩集》，同治正誼書院刊本）

羅以智道光鈔本跋⑥

《釣磯詩集》四卷，宋末丘吉甫先生所作。予從鐵樵汪氏假所藏舊鈔本錄其副,弆諸篋笥有年矣。今又獲見先生裔孫國珽康熙年刊本,輯先生詩一百九十四首,分三卷,題曰《獨樂軒詩集》。按:鈔本五言古四十一首,增刊本五首;七言古與刊本同;五言律八十二首,刊本所無者三十二首,刊本中爲鈔本所無者十九首,較刊本尚增十三首;七言律七十八首,刊本所無者四十首,刊本中爲鈔本所無者二十五首,較刊本尚增十五首;五言絕四首,增刊本一首;七言絕十二首,增刊本二首。以刊本補鈔本,凡得詩二百七十四首,字句頗多異同,刊本殊有舛誤。據《全閩詩話》載,先生贈浯江魏秀才詩二章,刊本脫去,鈔本具在。先生之詩流傳弗失,幸而得其全,殆有默爲呵護者歟?諸家書目罕見著錄,顧太史選元詩,錢詹事補《元史·藝文志》,搜采極博,亦未之及。先生詩不染元人纖靡習氣,五言如"白髮兄和弟,清江夏亦秋"、"哀音蟲外笛,遠影雁邊舟"、"風霜秋一葉,山水暮多愁"、"日色帶霜淡,風聲過海狂"、"疏泉防螘過,埽地愜牛眠"、"豪來無一世,狂發有千言"、"雨過山仍綠,春歸花盡紅";七言如"回頭正好看潮滿,舉眼那知得月明"、"波蕩日光翻素壁,水涵雲影倒青天"、"雨過殘陽如月色,風來老樹作潮音"、"坐對新花忘故我,行看古月照今人"、"愁當落葉飛無數,詩比秋山瘦幾分"、"老去已知今世錯,貧來賸得一身閒"、"敗葉能令溝水黑,亂雲不放夕陽紅"、"白鳥去邊春日落,青山斷處晚潮來"、"鶴沾衛祿猶堪薄,松受秦封豈足高"、"青天盡處孤舟渺,好鳥鳴時萬籟清"、"一歲露從今夜白,百年眼對老天青"、"杯殘炙冷窮工部,齒豁頭童老退之",皆可誦也。先生名葵,同安人。早有志考亭之學,初從辛介甫,繼從信州吳平甫授《春秋》,親炙吕大圭、洪天錫之門。宋末科舉廢,杜門勵學,居海嶼中,因自號"釣磯翁",見《閩書》。所居小嶝嶼上有方石周二尺許,琢爲棋局,中一道鑴"萬機分子路,一局笑顔回"十字,已遭斲没,獨"萬機分"及"回"字完明可摹,且甚工,蓋先生手筆,見邑人張日益萬曆壬子《訪釣磯故居記》。讀先生集中"御史馬伯庸與達魯花赤徵幣不出"詩,先生之潔身獨行,其亦不忘爲故宋之遺民者歟?徵聘時,先生種菜自匿,伯庸取所著書以去。《易解疑》、《書直講》、《詩口義》、《春秋通義》、《四書日講》今俱佚,存者惟《周禮補亡》六卷。《四庫提要》云:莆田人。

《閩書》作同安人,未之詳也。閩中故老相傳,先生有子勤王,同張世傑入粵,因占籍海南,丘文莊即其裔。據《周禮補亡》自序,作於泰定元年甲子,時年八十有一,則生於宋理宗淳祐四年甲辰,故先生詩有"恰算甲辰一,雌雄自不同"之句。宋亡時,先生年僅三十五,其説恐不足徵信也。

道光庚戌八月五日,錢塘羅以智鏡泉甫跋。

(《釣磯詩集》,同治正誼書院刊本)

林鴻年同治重刊本序

釣磯先生亮節高風與叠山埒,惜《宋史》無傳,僅見於《閩書》。生平著述,元時爲倭所掠,衹存《詩集》與《周禮補亡》二書。兹裔孫伯貞先刊《釣磯集》既成,辱來問序。予自□□游奇甸,丘文莊公故里也。讀其集中評史諸篇,於《春秋》大義、内外之防,維持獨大。獲守此邦,心嚮久之。世稱文莊乃先生後人,得力祖訓,其信然乎?先是,予未□□,適武烈公入京供職,過從甚密,知其爲先生裔也。□林之後,代有聞人。天所眷眷,亦云厚矣。我朝五等襲爵,獨備於漳泉。有若海澄公黄忠恪公、靖海侯施襄壯公、壯烈伯李忠毅公、二等子王果毅公,勳□之盛,皆足垂裕後昆。三等男則丘剛勇公也。剛勇□□,即爲武烈,嘗鎮南陽,其英姿颯爽,時遇於豫,軍紀□□,至今民猶尸祝之。遇其誕日,必演劇於祠,白叟黄童,□香繹絡,可謂生榮死哀矣。伯貞爲武烈喆嗣,襲兩代□貞餘廕,恂恂有儒將風,獨能誦其先芬,抱殘守闕,洄溹戟門中,不數覯之賢子孫也。予睠念忠良,撫今追昔,能不黯然。至此集之傳,雲霄一羽,何待詹詹小言哉!聞日本近遭國難,所存書帙燼焚者半,販舶入中土者亦半。倭,日本也。物無盛而不殺,豈惟東洋?而文字精誠,幽光必發。先生著述,或可完璧歸來,伯貞其有意也夫!

同治十有三年正月既望,侯官後學林鴻年謹識。

(《釣磯詩集》,同治正誼書院刊本)

楊浚同治重刊本序

所南之蘭,已無片土;君直之硯,尚落人間。傷哉驪氏!殘山已矣,趙家塊肉,人心未死,天醉何哀？如我釣磯先生者,并鄭與謝,實鼎峙焉。顧傳不傳,有幸不幸。十空之經,睎髮之集。碧血化爲文章,商聲滿乎天地。獨先生蹈海茫茫,窮居兀兀,迹其維倫,攸關道統；見於行事,靡託空言。乃僻陋在隅,而史乘或闕。嗟夫！不出戶庭,通塞有自甘之節；未灰金石,造化無終閟之音。雲煙固長□也,日月可重光也。況有賢子孫爲付剞劂氏,俾不傳□傳,亦不幸之幸。莫談南渡銷亡,心史同撑一代；如見西臺慟哭,朱鳥可訂千秋。

同治癸酉嘉平,温陵後學楊浚謹識。

（《釣磯詩集》,同治正誼書院刊本）

丘炳忠同治刊本跋

先釣磯公遺集,爲龍溪林樞北觀察所重刊。炳忠復於都轉陸存齋先生處,得羅鏡泉合鈔鐵樵汪氏本及家刻獨樂軒本,字句互有異同。楊雪滄侍讀重爲披校,各本參差,仍小注以存之。至公所著各書,久已散佚,惟《周禮補亡》藁本尚在,惜爲村學究所改竄,幸朱墨釐然,本來面目,尋繹可得。侍讀亦爲區別復古,俟再剞劂,以成先志云。

同治癸酉十二月,裔孫炳忠謹識。

（《釣磯詩集》,同治正誼書院刊本）

同治重刊陸序

陸心源

宋同安丘吉甫先生傳正學之統,貞石隱之操,以氣節、文章著于天水之季。顧其說經諸書,久經亡散。《周官補亡》雖存,亦鮮善本,惟所著《釣磯詩集》尚爲完帙。蒼老激楚,道古以刺時,緣情而類物,寫其感憤不平者必于詩,蓋古所謂鏤肝擺腎結爲章句者也。予嘗觀宋之末造如黃仲元、方韶卿諸人,其詩未必盡工,而其遺集當時珍之,後世愛且護之,無他,貞臣志士宇宙間之正氣,正氣所盤鬱,固不必論其辭之工不工,而皆可傳于後。況以先生理學經術媲仲元、貞白,邁韶卿,而其辭之工,又過之無不及,且其生平言論意旨、交遊踪迹,使後學可粲然考見者,惟此一編,是安可久閟其光芒而不出乎?

乃自蒙古之初訖明中葉,僅傳寫本藏在其家。至萬曆間,林氏霍訪借得之,始傳於世,終因謀梓未果,流傳絶希。康熙間,先生後裔國珽輯録遺集,亦未得見。但以所得詩一百九十四首,分爲三卷,付之剞劂,所謂《獨樂軒詩集》者,非足本也。嗣後,龍溪林君國華求得林氏原本,於道光丙午復墨之板,是爲五卷本。然兩刻出之盡穿鼠嚙,輾轉傳寫,未有善本校勘訂定,故不免脱亡謬誤,學者病之。予别有所藏四卷本者,舊轉録之錢塘羅氏以智,羅則傳自鐵樵汪氏,而佐以獨樂軒本較寫以傳者也,謬誤差少,比兩本爲善。同治癸酉之歲,奉詔來閩,携載行篋。温陵楊侍讀雪滄,博學嗜古,亟亟以表章鄉先哲遺書爲己任,嘗慨先生之集之未盡善也,請借以去,搜葺兩本,詳加讎勘,佚者補,誤者正,字句參差同異,則分注每章下,以兩存之,仍依原第,編爲四卷;采補諸詩,分體增入,詳注自出,不淆其舊,共得五、七言古近體詩若干首如目,而以林本所載文三篇附之帙尾。於是先生遺集寫定可傳,以視《四如》、《存雅》諸集,搜羅放失,掇拾零星者,精詳完善爲殊勝矣。是集之出,非獨慰東越士夫之望,亦天下後世所共快者也。先生後人伯貞取以付梓,乞予文爲序。予惟先生學術行誼已詳於盧氏、林氏、羅氏諸傳記、序跋,今俱刻而置之卷首,無庸分贅。因述前後諸君搜訪編校原委而爲之序。

(録自陳峰著《廈門古籍序跋匯編》)

同治重刊陸跋

陸心源

《釣磯詩集》四卷,題曰"宋同安丘葵吉甫撰"。案:吉甫早有志考亭之學,初從辛介甫,繼從信州吴平甫授《春秋》,又游吕大圭、洪天錫之門。宋末科舉廢,杜門勵學,居海嶼中,因自號釣磯翁,事見《閩書》。集中有辭御史馬伯庸與達魯花赤徵幣詩,蓋宋之遺民也。是書著録家所罕見,顧太史選元詩、錢詹事補

《元史·藝文志》、阮文達收《四庫》未收古書,皆未之及。康熙中,裔孫國琡掇拾殘賸詩一百九十四首刊行之,題曰《獨樂軒詩集》。此本四百六十八首,乃足本也。其詩清麗芊綿,不染元人靡靡之習。五言如"白髮兄和弟,清江夏亦秋"、"哀音蟲外笛,遠影雁邊舟"、"風霜秋一葉,山水暮多愁"、"日色帶霜淡,風聲過海狂"、"疏泉防蟻過,掃地愜牛眠"、"豪來無一世,狂發有千詩"、"雨過山仍綠,春歸花盡紅";七言如"波蕩日光翻素壁,水涵雲影倒青天"、"雨過殘陽如月色,風來老樹作潮音"、"老去已知今世錯,貧來賺得一身閑"、"敗葉能令溝水黑,亂雲不放夕陽紅"、"白鳥去邊春日落,青山斷處晚潮來"、"鶴沾衛禄猶堪薄,松受秦封豈足高"、"杯殘炙冷杜工部,齒豁頭童老退之",皆佳句也。

(錄自陳峰著《廈門古籍序跋匯編》)

【校記】

① "鹿門翁":《閩書·英舊志》卷二百二十七(福建人民出版社,一九九五年)作"席門翁"。《全閩詩話》卷五亦載此詩,此處作"席門翁"。

② "嶼":道光汲古書屋本作"嘗嶼"。

③ 題名,道光汲古書屋本作"書釣磯詩集後",今以正誼書院本爲底本。

④ "乃丘公所……諸篇":道光汲古書屋本作"獨丘公著書有《易解疑》、《書口議》、《詩直講》、《春秋通義》、《禮記解》、《四書口講》、《周禮補亡》、《經世書》、《聲音既濟圖》諸篇"。

⑤ "惜多亥豕,亟爲鈔正開雕":道光汲古書屋本作"惜亥豕間有,鈔正成帙開雕"。

⑥ 道光汲古書屋本不載。正誼書院本作"鈔本羅跋"。

校 點 後 記

《釣磯詩集》,宋末元初丘葵著。

丘葵(一二四四——一三三四),字吉甫,泉州同安縣小嶝嶼(今屬廈門市翔安區小嶝島)人,"嶼有釣磯,因以自號"。初爲郡諸生,有志於朱熹之理學,得吕大奎等親炙最久。宋末絶意杜門,耕釣自給,刻志勵學。元初,朝廷命官來聘,力辭不出,作《却聘》詩言志。丘葵著作甚豐,有《周禮補亡》和《釣磯詩集》存世。

《釣磯詩集》初以寫本傳世,明萬曆二十八年(一六〇〇),邑賢林霍(字子濩)借觀,因寫本"苦多亥豕",故請當時名宦盧若騰爲之訂正,兩人皆有序留題。這部家傳寫本可能即萬曆四十年其裔孫丘朝準出示給《訪丘釣磯先生故居記》一文作者張日益閲讀的那一部。

清康熙年間,其裔孫丘國斑首次以家寫本剞劂刊行,名爲《獨樂軒詩集》,惜今不復見。道光二十六年(一八四六),臺灣板橋林國華得童宗瑩(字淵若)所藏的林霍原本《釣磯詩集》五卷,"亟爲鈔正",輯詩三百四十首,由汲古書屋雕版印行,內封題爲"釣磯先生詩集"(簡稱"道光刊本")。今國家圖書館、南京圖書館和廈門市圖書館均有收藏。《續修四庫全書》子部別集、四川大學古籍研究所編輯的《宋集珍本叢刊》也予收録。

道光三十年,錢塘羅以智根據汪鐵樵所藏的舊鈔本和《獨樂軒詩集》刊本重新整理抄存。可見,當時除《獨樂軒詩集》的刻本外,還有多種鈔本在民間流傳。據羅以智後跋所言,《獨樂軒詩集》共三卷,輯存詩作一百九十四首,而羅氏"從鐵樵汪氏假所藏舊鈔本"却有四卷,足見丘國斑的家寫本、汪氏藏本和童宗瑩的林霍五卷寫本都不是同一鈔本。羅以智根據獨樂軒本和汪氏藏鈔本重新校勘，"以刊本補鈔本，凡得詩二百七十四首"。同治年間，藏書家陸心源（字剛父，號存齋）稱羅氏的這部重校寫本"謬誤差少"，并爲之作序、轉錄。

同治十二年（一八七三），丘氏裔孫丘炳忠從陸心源處借得羅以智的重校鈔本，請楊浚（字雪滄）以獨樂軒本及"道光刊本"進行校讎，"總計三百四十六首（實爲三百四十五首），附文三篇"，"字句互有異同"處加以小注，於翌年刻版印行（因版藏福州正誼書院，簡稱"正誼書院本"）。該刊本重新編爲四卷，將原先自成一卷的"警學遺言"所輯錄的詩作，根據其不同的體裁分別歸入其他各卷，詩的次序重新編排。除保留原有盧若騰和林霍所作的序、張日益所撰的故居訪問記、"丘吉甫先生傳"之外，增加了林鴻年和楊浚的序、羅以智和邱炳忠的跋與書後，陸心源稱其"精詳完善"，"乃足本也"。國家圖書館、首都圖書館、福建省圖書館以及上海、廈門、泉州等地的圖書館皆有收藏。只是不知何故，陸心源爲此刊本而作的序跋，却付之闕如。

丘葵的詩文集除上述刊本、鈔本外，晚近還有旅居菲律賓的金門籍華僑林策勛之鈔本。林策勛在鈔本的前序中，稱其在國內"偶在友人家獲見《釣磯詩集》，系盧牧州、林子濩傳本"，但有"十葉被蟲蝕不全，旋在鷺門復得丘良功爵帥曾孫刊本（按：即"正誼書院本"），亟爲補錄"，并携之海外。一九七〇年金門影印出版的《釣磯詩集》，以及二〇〇七年金門楊天厚、林麗寬的《釣磯詩集譯註》一書，即根據林策勛的這個鈔本。

林策勛的鈔本和道光刊本（底本爲童宗瑩所藏的林霍原本）卷數一樣，均爲五卷（一卷五言古、七言古，二卷五言律，三卷七言律，四卷五言絕、七言絕，五卷警學遺言。附文四篇［其中一篇爲張日益的故居訪問記］），每卷内詩的編排次序也基本一致，雖然它也出自"盧牧州林子濩傳本"，但與道光刊本是否同一鈔本則不得而知。不過，林策勛鈔本由於得到正誼書院本的校補，輯詩三百四十三首，外加補遺二首，總數與正誼書院本同。因此，林策勛的鈔本也爲足本。這次點校即以它爲底本，並與道光本和正誼書院本互校。丘葵的傳記、故居訪問記，以及歷來各種刊本所存的序、跋或書後，均附錄於後。

編　者
二〇一八年十二月

心泉學詩稿

目　　錄

心泉學詩稿卷一 ……………………………………… 101
　賦 ……………………………………………………… 101
　　古賦二首 …………………………………………… 101
　　瀑布泉賦 …………………………………………… 101
　　和倪梅村梅花賦 …………………………………… 102
　五言古詩 ……………………………………………… 102
　　七愛詩贈程鄉令趙君 ……………………………… 102
　　咏史八首 …………………………………………… 103
　　示兒 ………………………………………………… 104
　　明月篇 ……………………………………………… 104
　　拙婦吟 ……………………………………………… 105
　　和博古直五首 ……………………………………… 105
　　梅陽壬申劭農偶成書呈同官 ……………………… 106
　　感興 ………………………………………………… 106
　　送使君給事常東軒先生 …………………………… 106
　　投後村先生劉尚書 ………………………………… 106
　　柬曾梅坡二首 ……………………………………… 107
　　送淮東田制幹回司 ………………………………… 107
　　寄窺堂莊使君 ……………………………………… 107
　　送使君右司趙是齋 ………………………………… 107
　　贈無庵道人風鑒 …………………………………… 108

91

梅陽寄委順趙君 ………………………………… 108

　　寄丘釣磯 …………………………………………… 108

　　寄梅坡 ……………………………………………… 108

　　與石巖方常簿游白水塘觀龍湫 ………………… 108

　　己卯六月十一日書石室壁 ……………………… 109

心泉學詩稿卷二 …………………………………… 110

　五言古詩 …………………………………………… 110

　　舶使王會溪、太守趙見泰九日領客枉顧山中，賦"采菊東籬下，
　　　悠然見南山"韻十首 ………………………… 110

　　九日簡留松澗 …………………………………… 111

　　心泉 ……………………………………………… 111

　　九日貴客入山，地狹不足以容歌舞，故作 …… 111

　　和漳浦余明府 …………………………………… 112

　　呈大帥侍郎陽巖洪先生 ………………………… 112

　　上舶使監丞王會溪 ……………………………… 112

　　登師姑巖，見城中大閱，恍如陣蟻，因思舊從戎吏，亦其中之一蟻，
　　　感而遂賦 ……………………………………… 112

　　送郭濟叔分教邵陽 ……………………………… 113

　　古意答胡葦航 …………………………………… 113

　　送遠曲別葦航 …………………………………… 113

　　見山臺 …………………………………………… 113

　　泊舟蘭溪 ………………………………………… 113

　　登師姑巖懷古十韻 ……………………………… 113

　　仲冬下澣會同僚游東巖 ………………………… 114

　　寄豫章李明府 …………………………………… 114

　　亦竹軒 …………………………………………… 114

六和塔僧房	114
送梅峰阮監鎮東歸	114
噴玉布	115
梅陽郡齋鐵庵梅花五首	115
萬壑清流	115
白水巖	116
戲效浪仙體	116
書會溪郴陽瀑布圖後三首	116
草堂瀑布	116
題瀑布圖後	117
中庭步月	117
純陽洞讀書和中山陳禮郎韻	117
又題純陽洞	117
枸杞井	118
山中井	118
菊花潭	118
古意	118
頭陀成庵主刺血寫法華經	118
燈蛾	118
蜜蜂	119
蜘蛛	119
促織	119
蟻	119
蠹魚	119
捫虱	119
蚊二首	119

心泉學詩稿

  蚤 …… 120

心泉學詩稿卷三 …… 121

七言古詩 …… 121

  神駿歌送趙委順就漕 …… 121
  子別母呈所翁陳先生 …… 121
  醉歌 …… 121
  菊露謠 …… 122
  送劉童子試藝天京 …… 122
  送沈保叔國諭試藝右庠 …… 122
  君不來詞寄雲帽上人梅坡翁 …… 122
  送林城山歸上饒 …… 123
  送孫畊山 …… 123
  贈日者馮鼎山 …… 123
  濯足瀑下 …… 123
  壯哉亭觀龍湫作 …… 124
  登北山真武觀試泉 …… 124
  游金山寺呈茂老 …… 124
  游西巖 …… 125
  書草屋壁 …… 125
  愁劇忽失笑 …… 125
  九日 …… 125

心泉學詩稿卷四 …… 126

五言律詩 …… 126

  送莊糾之官莆陽 …… 126
  歲暮度朋山嶺，登山庵，追慕先人，不勝悲愴，因用楊敬夫韻 …… 126
  友人若木余兄告歸，詩以送之 …… 126

寄徑山書記悟上人 …………………………………………………… 126

寄思溪老藏叟珍上人 ………………………………………………… 126

寄老溪上人 …………………………………………………………… 127

招枯崖悟上人住山 …………………………………………………… 127

和胡竹莊韻 …………………………………………………………… 127

次清老弟韻 …………………………………………………………… 127

趙委順寄詩山中因次韻 ……………………………………………… 127

題梅窗嘯月圖 ………………………………………………………… 127

贈隱者 ………………………………………………………………… 127

挽呂秘書 ……………………………………………………………… 128

悼亡 …………………………………………………………………… 128

小兒生日 ……………………………………………………………… 128

贈日者王談天 ………………………………………………………… 128

阿助守歲誦杜工部"四十明朝是"之句請足成 …………………… 128

送枯崖悟上人省覲三山 ……………………………………………… 128

即事 …………………………………………………………………… 129

約趙委順北山試泉 …………………………………………………… 129

春陰偶成柬枯崖 ……………………………………………………… 129

友人余兄歸，小詩寄胡葦航 ………………………………………… 129

寄胡葦航料院 ………………………………………………………… 129

九月九日登山 ………………………………………………………… 129

題江心寺詩 …………………………………………………………… 129

七夕前二日，與窺堂莊使君江橫觀水望霓悵然 …………………… 130

溪堂春日即事 ………………………………………………………… 130

八月十三夜道士湖泛月 ……………………………………………… 130

寒山暮景 ……………………………………………………………… 130

- 三疊泉廬山簡寂觀十五里，一名擷泉 …… 130
- 題純陽洞 …… 130
- 重陽 …… 131
- 題海雲樓下一碧萬頃亭 …… 131
- 心泉 …… 131
- 石潭觀魚 …… 131
- 題金粟洞 …… 131
- 種麥 …… 131
- 委順趙君見遺千里小景鴉鵲圖，有詩將之，用韻爲謝 …… 131
- 送清老弟歸荆湖幕 …… 132
- 聞蟋蟀有感 …… 132
- 挽仁山楊先生 …… 132

心泉學詩稿卷五 …… 133

七言律詩 …… 133

- 用翁雪舟送春韻三首 …… 133
- 送擇齋先生徐大監赴建倉 …… 133
- 用老竹與子晦韻 …… 133
- 和楊芸齋送枯崖住興福韻 …… 133
- 寄石隱老嶼上人 …… 134
- 和倪梅村 …… 134
- 再用韻和葦航 …… 134
- 與小兒助子游江橫作 …… 134
- 江橫暮景 …… 134
- 再題江橫 …… 134
- 游鼓山題天風海濤亭 …… 134
- 送使君趙寺丞見泰先生 …… 135

寄何我軒 …………………………………… 135
閑坐觀海,興致悠然,是時月白如晝 …… 135
嶺後山莊 …………………………………… 135
回謁藍主簿,道傍見梅偶成 ……………… 135
題深省庵 …………………………………… 135
依韻寄呈林城山 …………………………… 136
即席用委順聽甘師琴韻 …………………… 136
與興福老枯崖乘月觀濤 …………………… 136
西巖 ………………………………………… 136
贈洪都高士蕭野鶴 ………………………… 136
贈吳仰雲 …………………………………… 136
歲旦勉田鄰 ………………………………… 136
端午 ………………………………………… 137
山園芍藥忽有花喜而賦 …………………… 137
夢故人郭推官元,用詩以奠之 …………… 137
夜聞鄰笛 …………………………………… 137
風雨終夜獨坐不寐 ………………………… 137
田園秋興 …………………………………… 137
郊行有感 …………………………………… 138
近重陽作 …………………………………… 138
賦枸杞 ……………………………………… 138
畫船 ………………………………………… 138
游武夷九曲 ………………………………… 138

心泉學詩稿卷六 …………………………… 139

五言絕句 ………………………………… 139

寄石隱 ………………………………… 139

心泉學詩稿

題葉寄楊芸夫 ······ 139
心泉二首 ······ 139
菊泉詩 ······ 139
聞泉 ······ 139
澗亭塵尾泉 ······ 139
江橫信筆 ······ 140
書滴翠巖壁 ······ 140
書香爐瀑布圖後 ······ 140
青霞西亭 ······ 140
滄浪亭 ······ 140
心泉 ······ 140
讀可翁閑坐偈 ······ 140
白鬚詩 ······ 140
題石 ······ 140
怡雲 ······ 141
寒食有感 ······ 141
郊意 ······ 141
題畫竹扇寄友 ······ 141
春日聞禽戲題寓廨 ······ 141
櫂歌 ······ 141
牧童歌十首 ······ 141

七言絕句 ······ 142
山中秋曉 ······ 142
書隱者壁 ······ 142
飛泉 ······ 142
題贈枯崖 ······ 142

贈老溪孚上人 …………………………………………… 143
石室閒坐，憶東坡"漁舟一葉江吞天"句，成一絶 ……… 143
錫老弟山居 …………………………………………… 143
閨意 …………………………………………………… 143
酒量減 ………………………………………………… 143
題武夷 ………………………………………………… 143
重游武夷偶成棹歌 …………………………………… 143
月巖 …………………………………………………… 143
青霞 …………………………………………………… 143
玉女峰 ………………………………………………… 144
題西山靈峰感應寺 …………………………………… 144
題純陽洞 ……………………………………………… 144
次枯崖上人催梅韻 …………………………………… 144
百花洲梅 ……………………………………………… 144
早梅 …………………………………………………… 144
瀑上見梅，有懷老溪上人 …………………………… 144
雨中見梅，泫然而作 ………………………………… 144
次韻 …………………………………………………… 144
贈林愚庵墨梅 ………………………………………… 145
題蕭照畫山水漁父四軸 ……………………………… 145
漁父四首 ……………………………………………… 145
七夕 …………………………………………………… 145
江上聞笛 ……………………………………………… 145
春曉聞禽 ……………………………………………… 146
聞鷄 …………………………………………………… 146
聞蟬 …………………………………………………… 146

賦竹間禽 …………………………………… 146

　　飯牛歌 ……………………………………… 146

　　水碓 ………………………………………… 146

　　咏狸 ………………………………………… 146

　詩餘 …………………………………………… 146

　　滿江紅·登樓偶作 ………………………… 146

　　賀新郎·贈鐵笛 …………………………… 147

　　漁父詞十三首 ……………………………… 147

　　又漁父詞二首 ……………………………… 148

　　欸乃詞 ……………………………………… 148

附錄 …………………………………………… 149

　四庫全書總目提要 …………………………… 149

校點後記 ……………………………………… 150

心泉學詩稿卷一

賦

古　　賦二首

　　始余卜於斯丘兮，倚白雲而爲廬。豈其有所使兮，爰舍吾之故居。擷秋菊以爲糧兮，曰寒泉之與麰。無饑渴之害己兮，騁予駕其焉如？朝飡氣於沆瀣兮，夕撫景於望舒。瀉靈汞以爲鏡兮，結層冰而爲壺。流涓涓以不息兮，其原一而派殊。念區區之抱甕兮，決山雨以爲腴。環碧潤之方流兮，知此樂之非魚。落方潔之潺湲兮，漱瓊瑤而飛珠。噴玉布以珊珊兮，謂未足以爲娛。走東岡之巘嵼兮，驅電駕而雷車。始雌霓之連蜷兮，忽河漢之飛趨。彼匡廬之雖大兮，愧吾馬其已瘏。語猿鶴以毋怨兮，盟千載而弗渝。

其　　二

　　捫青霞之絕頂兮，倚千仞而爲高。聞丹丘之有人兮，期萬里之與遨。追遐蹤而不見兮，悵靈物之難遭。豈不同乎穹壤，抑有異乎山河？東瞻兗濟，西望岷峨。儻輕風兮可躡，衣欲結兮薜蘿。念故園之燕麥，悲荊棘之銅駝。爾乃托延陵之厚俗，曰夷獠之同波。苟聲教之所暨，豈古道之有他？笑淳于之螳夢，慨寧戚之牛歌。昔子奇（期）兮往矣，今鮑叔兮奈何？豈無泉石可以婆娑，問競日之夸父，與奔月之羿娥，我欲從兮何所，豈復怨兮蹉跎！

瀑　布　泉　賦

　　昔披榛而導泉，愛其流之涓涓。居焉而爲清泠，出之而爲潺湲。跨蒼崖而直下，瀉鳴瀑其如騫。忽浣布於火日，俄飛帛於天門。毋乃冰蠶之織，得鮫室之所傳？縈濚渨漎，俹俹隆隆。或散如凌空之毳鶴，或聚如飲澗之流虹。其光怪也如此，欲想像其窔窮！嘗聞呂梁之水，懸三十仞，沫四十里，黿鼉魚鱉不可游處。被髮行歌，或蹈於此。羅嶺掛泉，倒注崩湝。石樓鐵橋，迥不可即。衡山三峰，最爲竦桀。噴薄橫飛，匪斯而結。分映青林，日光玉潔。自非素朝，翳莫能撤。香爐奇秀，寔甲寰海。傳之有三千尺，賦之今幾百載。其自天而下也，耿耿長河。其赴壑而趨也，錚錚萬鎧。納兹細流，不知幾倍。或曰香山草堂，布水三尺。瀉階隅，落渠石。或垂練於終朝，或鳴琴於永夕。非其狀之可傳，因其事之可摭。於兹布也，非曰千尋，豈無匹素？使遇昌黎，必云振鷺，舞風中之僛裳，響松間之寶璐。非假力於人爲，果何心乎天雨？予聞斯語，斐焉而狂，躍然而悟，頓消鄙吝之胸，如餐沆瀣之露。復何騖乎川涂？粗可娛乎朝暮。苟猶誇彼之雄，寧不失吾之故？嗟夫！其源雖殊塗，其流則同赴。決合黎而西頃，環崑崙而東注。非胼胝之聖功，豈聲教之所曁？利萬物而不爭，如方圓之隨器。原上善之所稱，本天一之初氣。

和倪梅村梅花賦

昔湘纍之托諷兮，顧何芳之不萃？念草木之凋零兮，貫薜荔之落蘴。嗟蘭艾之與處兮，亦固知其蕉薠。於梅柟之偶缺兮，非忿顧而疾視。今靈山之獨立兮，豈不類乎江渾之憔悴！忽繽紛於暮臘兮，駭南雪之落地。俾孤山之美人兮，得以樹夫高致。彼桃李之暄妍兮，疑此黨人之獨異。惟貞潔余一心兮，又奚必擇乎都鄙？薋菉葹以盈室兮，固何足以蔽美！攬群物之紛糾兮，初何私於一氣。立耿耿於霜晨兮，豈欲別一醒於衆醉！彼徘徊於清淺兮，亦猶行吟於湘水。

五言古詩

七愛詩贈程鄉令趙君

魏鄴令西門豹

吾愛西門豹，其事深可效。波神豈荒淫？巫言亦機巧。大嫗去不來，小嫗足蹱踣。豪長涕叩頭,從此識政教。

漢中牟令魯恭

吾愛魯仲康,治效多致祥。害稼螟犬牙,中牟了無傷。掾驚雉馴擾,兒念雛方將。河南有府尹,其美乃播揚。

漢密令卓茂

吾愛卓子康,作邑非尋常。口不及人惡,撫字若弗遑。禮律乃並用,化鬲以爲良。解馬以與人,不較人自償。

漢堂邑令鍾離意

吾愛鍾離意,錦製與人異。荒縣民無廬,茅竹畢繕事。亦有多怖人,憯憯感禍祟。祝土矢乃盡,神譴不敢避。

漢雍丘令劉矩

吾愛劉淑方,禮遜以化强。諄諄耳提訓,語味深且長。忿恚爲可忍,莫入鳴絃堂。訟者各感去,從今無他腸。

齊山陰令傅琰

吾愛傅季珪,爲事求端倪。群愚亦智詐,不辨祛厥迷。感深賣針媼,覰以食豆鷄。一縣稱神明,鼠輩榛其蹊。

唐魯山令元德秀

吾愛元紫芝,卓爾不可移。盜虎孰小大?許囚虎歸屍。音樂第勝負,蔦于遭殊知。歲滿何所爲?柴車一縑隨。

詠　　史八首

陶　侃　母

坩"坩",音"堪",土器也。鮓有幾許?直欲致一甘。豈知聖善意?見此轉不堪。此母天下母,清風使人慚。

黔　婁　妻

明知正不足,不若斜有餘。破衾有何好?錦綉乃不如。卓哉婦人言,賢於五車書！

謝道韞

當時詠雪句,誰能出其右?雅人有深致,錦心而綉口。此事難效顰,畫虎恐類狗。

蔡文姬

琴彈十八拍,聽此雙泪流。一死固已難,萬言復誰尤?九原見衛子,何語可以酬?

鮑宣妻

幡然棄舊習,布裙牽鹿車。拜姑禮云畢,提甕汲自如。富貴此一時,何可忘厥初?

樂羊子妻

拾遺戒不受,見金等沙泥。對姑不能食,又愧他舍鷄。其視取棄人,冰炭恐不齊。

朝鮮婦

白首携一壺,亂流去何之?婦呼吻欲裂,彼乃昏不知。箜篌彈復彈,河水風瀰瀰。

孟光

色不諧朱鉛,力可舉杵臼。貧賤何足云?持敬在悠久。相對如嘉賓,旁人莫嫌醜。

示兒

種穀一歲事,讀書一生期。方春不下種,竟歲常餒饑。少年不向學,終身成愚癡。饑猶一家愁,愚被眾人欺。彼蒼念吾父,爾輩得令師。欲速成揠苗,計日如耘粒。程文國有式,體制須及時。弱冠無所聞,出語人見嗤。爾勞我則恤,我憂爾奚知?中夜不遑寐,作此勸學詩。

明月篇

海賈不愛死,適值驪龍眠。深淵頃刻命,平地千丈川。丈夫豈無志?固爲兒女煎。彼美頭上粲，它人口中涎。鮫人一滴泪，不肯隨漪漣。眼見懸珠人，明月幾缺圓。

拙 婦 吟

生爲矮屋女，本乏超世姿。苟焉執絲枲，安得組綉奇？人各愛厥子，驕養隨所宜。今晨嫁朱門，裝束弗適時。尊嫜不厭拙，鄰曲莫見嗤。或有勸我言，學掃長蛾眉。妾婦前致辭，拙性不可移。誰能事膏沐，隨人作妍媸？采采南澗蘋，心事澗水知。在室盡子職，爲婦盡婦儀。如何織錦字，更製回文詩？

和 博 古 直 五 首

聖門藹徒衆，幾人得稱賢？美哉金玉人，履行師淵騫。寒日辟蘆絮，饑倚負郭田。所樂者何事？至道森乎前。豈必挾日月？地行即飛僊。刀圭儻可覓，何處今赤泉？

其 二

少壯能幾時？轉盼成白首。俯仰百年事，蠅營復狗苟。規規一世士，禮法自繩糾。不趁蟻磨旋，空嗟兔株守。杞菊爲餱糧，雲山作賓友。空泥堅白鳴，夷惠徒可否。

其 三

涉世思夷塗，理生有常道。抱甕灌我園，充盤戒鄰棗。秋色何蒼然，惕焉履霜早。偉哉騎鯨人，期兹浣花老。渺渺無窮門，何由拾瑶草？惟愛柴桑翁，稱心固云好。

其 四

迂疏我何有？然諾君不輕。卓爾異衆嗜，矧兹藹文鳴。面壁愧空腹，伐木思友生。方當與世混，疇能別涇清。奚因一簪盍，使此雙眼明？欲引萬古脉，賴君辨豨苓。

其 五

曠兹歷億劫，矧此浮雲身。桑樞弗言病，駟馬休笑貧。棲棲魯中叟，救世誠艱辛。鳥獸豈同群,由也徒問津。人世彈指頃,滄海三揚塵。揚塵不可詰,濟川豈無人?

梅陽壬申劭農偶成書呈同官

舉酒勸爾農,更爲我儂勸。車笠雖不同,所諧此盂飯。或耕在葘畬,或耕在方寸。膏雨足一犁,田頭怯呼喚。五百維莠驕,胥徒乃孟患。與國充耘籽,勿使地蒿蔓。幻體饑渴同,世味甘苦半。盤中一粒飱,鋤下幾滴汗。光陰駛歷塊,彼此不可玩。豈爲許行言?勸課在茲旦。父老傾耳聽,童稚繞屏看。相顧持我語,取信如執券。安得慵耕人,從今不言勌?

感　興

晨起自理髮,握髮雙泪流。不見結髮人,惆悵空白頭。君留白髮種,種作一段愁。茁哉秋蓬根,念此春荑柔!

送使君給事常東軒先生

鋒車洛陽道,秋日旌旗光。松陰父老語,何計攀夕郎?南泉昔樂土,畫戟深凝香。今爲彤瘵區,鹽米憂倉皇。一食不遑暇,衆哺安能忘?時哉異真倪,心乎愛龔黃。報政未期年,丹詔飛十行。正陽初繼離,化瑟方再張。豈無蘭蕙叢?所思在孤芳。履聲到星辰,泰階列寒芒。睠懷赤子情,啓齒玉帝旁。唐相有遺烈,至今留甘棠。

投後村先生劉尚書

採松北山下,日與樵者親。寸尺拾遺墜,時以供炊薪。朝躋白雲崗,暮宿芳草濱。疏泉溉其本,鏡心澄爾神。上有千歲鶴,羽儀何振振!清唳返華表,感時懷鳳麟。下有千年苓,剝落惟本真。久乃瑩雪玉,服之祛凡塵。清風發萬籟,天竅鳴驚人。嚴霜肅四宇,玉立古柏身。桃李衆自托,六合惟一根。梅竹亦有性,歲寒争卜鄰。薦蘿爾微彙,願乞音"棄"。青雲津。逡巡不敢止,百年在兹辰。

柬曾梅坡二首

終歲不相見,相逢傾肺肝。堪嗟半生事,安得舊時歡?梅蕊先春白,桂華清露寒。帽雲行雨意,薄暮倚欄干。

其二

靡靡秋已馳,眇焉幽思殷。美人百尺樓,修帽千丈雲。白駒古難繫,寒蛩今畏聞。得酒且共陶,莫惑紙上文。

送淮東田制幹回司

青青拱把木,人見毫芒時。只恐不早種,既種何用疑?枝條日已茂,雨露日已滋。摇本固不可,爪膚復奚爲?驚飈屢欲折,積雪久自支。昔日靖郭君,四十餘男兒。中有不舉子,其事乃甚奇。馳聲自薛起,有誰敢齊窺?君今已騎鶴,莫問腰纏資。主人今晉公,相量千頃陂。溲勃且並用,参苓恐無遺。相如諭蜀檄,昌黎從軍詩。儻可露一斑,豈無諸公知!君來甫兩月,雲霧才一披。非敢事偃蹇,禽鹿不可羈。勿詫我泉石,恐爲君瑕疵。吾且自笑我,人知我爲誰!

寄窺堂莊使君

煌煌列戟第,皎皎深衣人。菟符藹夙望,駒谷韜絶珍。苟不守厥素,曷以當兹晨?情敦鶺鴒急,心怛鴻雁賓。餓死甘其薇,至德文其身。耿耿抱孤月,悠悠仰蒼旻。何時一握臂,灑我頭上巾?呼風振我襟,與君爽心神。欲洗塵萬斛,何處覓一塵?

送使君右司趙是齋

皦皦惠山泉,脉脉天上潢。中含五色文,時吐千丈光。人間塵土腥,聊復寒我裳。南州六月暑,千里喝欲狂。借此一掬潤,冰雪生肝腸。誰起心中炎?奪我腦上涼。我願去爲龍，爲雨膏八荒。年年刺桐華，樹樹旨甘棠。

贈無庵道人風鑒

采霞以爲食，寡雲以爲衣。飽暖無所爲，騎風去如飛。閑將電作鏡，照見人精微。欲説不得説，天機本無機。

梅陽寄委順趙君

別來柳初茁，今見蘭吐芳。懷哉佩蘭人，欲製芙蓉裳。山空蕙帳冷，鶴怨秋夜長。群峰暮聳峭，蟻夢猶一場。乘傳愧已添，刻意思所償。蚩蚩瘴土氓，見此泪欲滂。針石一時投，苦爲起羸尪。常恐二竪黠，神被膏與肓。欲盡棄其舊，安得師之良？夜夢每插羽，飛到琴册旁。非貪舐鼎事，欲窺枕中方。緘縢儻寄翼，寬比百迴腸。

寄丘釣磯

高丘遠望海，秋思窮渺瀰。苦吟有鬼泣，直釣無人知。有時卷龜殼，箕踞食蛤蜊。落日明雲霞，狂風舞蛟螭。全生帶笭箵，聲叟漫奚爲。一笑橫大江，列岫浮修眉。畫圖障我目，隔此天一涯。欲携我蓑笠，風雨從所之。漁僮緩鼓枻，驚我白鷺鷥。我欲從伊人，薄酒分一卮。

寄梅坡

喬木叢下翠，好鳥鳴嚶嚶。豈不愛吾廬？感此求友聲。獨酌歌停雲，懷人泪如傾。昔我柴桑翁，五柳貧亦榮。今予富千樹，況有野艇橫。鱸魚亦可膾，如此夜月明。誰諧彼蒼意，澗谷敦孤惸？青山只依舊，沽酒尋前盟。矯首雲帽人，兩臂羽欲生。故人來不來，盤俎無人爭。

與石巖方常簿游白水塘觀龍湫

孤燈照不寐，獨起行繞床。命駕欲千里，千里債已償。可憐太拙計，弗學時世妝。癖嗜鎸聱牙,拄彼枯腎腸。柴桑賦移居,取友勝面墻。奇文與疑義,相與窺抑揚。願給薪水役,懷此一瓣香。自分參也魯,或笑道士狂。吁嗟古之人,踽踽而涼涼。我不欲富貴,修短由上蒼。齊奴爾何事,彭祖今何方?莊周蝶體態,淳于蟻侯王。龍湫一瞬息,珠琲萬斛强。汎汎蓮葉舟,森森白水塘。薜荔爲我衣,芙蓉爲我裳。握石爲我飴,采菊爲我粻。興懷自千載,有酒且一觴。

己卯六月十一日書石室壁

晏坐畫圖出,銀屏列郡①山。几案空水接,舟楫窗竇間。清風蕩炎瘴,異趣起悁頑。夢隨白鷗去,静看飛鳥還。夜深忽聞笛,何處明月灣?

【校記】

①"郡":或當作"群"。

心泉學詩稿卷二

五 言 古 詩

舶使王會溪、太守趙見泰九日領客枉顧山中,賦"采菊東籬下,悠然見南山"韻十首

翠節摩秋雲,朱輻映朝彩。欣欣兩賓主,濟濟衆僚寀。此會良已希,斯文固應在。寂寞秋後香,今晨有人采。

其 二

結彼山下茅,對此山上瀑。白日成蹉跎,長年抱幽獨。嚶嚶自禽鳥,踽踽亂樵牧。門巷何多車?山中有佳菊。

其 三

龍山在何許?驅車故城東。壯游值佳月,高懷激清風。深知孟萬年,獨有柴桑翁。至今佳傳香,索之迷芳叢。

其 四

淡淡暮秋色,行行繞疏籬。最愛重九名,擬和柴桑詩。風流足千載,感慨彼一時。此日不易得,有酒安可辭!

其 五

白露零高寒,西風滿原野。濁酒歡重持,黃花笑盈把。詩句斐莫裁,秋容浩難寫。豈爲今日娛,逢之百世下?

其 六

晨策登青霞,衆峰鬱綢繆。舉目嗟新亭,緬懷憶神州。酣觴氣磊磊,感物心悠悠。偉哉此二翁,高風繼前修!

其　　七

南陽有菊水，一掬清且鮮。滿潭浸秋色，餐英飲寒泉。將以壽道脉，非惟制頹年。豈不隨衆草，正色乃自然？

其　　八

百年豈非長？流光迅飛電。月渚愁賓鴻，風簷棲去燕。鴻燕胡獨乖，參辰豈相見？念此霜中英，良時不妨殿。

其　　九

匡廬詎云遠？日日望翠嵐。黄花裹露掇，薄酒如飴甘。迢迢想高遁，亹亹懷清談。緬睇良有以，舊居在其南。

其　　十

天台赤霞頂，峨眉翠雲間。人物自楚楚，文采何斑斑！屈宋艷可摘，陶謝高可攀。咳唾隨天風，萬古輝此山。王，蜀人；趙，台人。

九日簡留松澗

瀼瀼白露墜，獨起行繞籬。豈泥兹晨游？偶諧昔人期。白衣已縹緲，幅巾自淋漓。舉杯泛寒榮，何以慰所思？登山極野望，涕泗空漣洏。戚戚霜葉語，雁過鳴聲悲。參軍爾何事？帽側無人知。莫輕一時謔，貽此千載嗤。餐英飲沆瀣，政坐騷人癡。起酹彭澤翁，此意堪語誰？

心　　泉

山泉不知源，流出石磊砢。坎止心維亨，蒙養竹必果。久視空無塵，静趣自忘我。明月知此心，時印夜光顆。

九日貴客入山，地狹不足以容歌舞，故作

莫歌亂我蛩，莫舞踐我菊。歌不入此耳，舞適局汝足。蛩吟今古心，菊老貧賤屋。斟菊聽我蛩，絶勝人間曲。

和漳浦余明府

割雞薦鸞刀,飛梟躡儴迹。惠與清漳流,名高魯山石。廉謹今所難,吾道幟可赤。作縣既有箴,救世豈無策?澗水擬鳴禽,中宵起人憶。

呈大帥侍郎陽巖洪先生

猗桐擢新翠,況此當春陽。靈鳳何高翔,豈不懷朝光?積陰既去屏,先鳴詎能忘?腐草倏已化,破柱安所藏?聲猷動寰海,偃蹇持孤芳。清風肅羽蘀,白日成圭璋。久期薦清廟,欲與興頹綱。恩綸甫雜遝,符采相輝煌。元祐心可續,江左脈自長。精神夙聚會,賡歌藹明良。願整池上翼,繼我文靖梁。

上舶使監丞王會溪

抗意欲窺奇,棲潛在郡帙。猶疑甕爲天,豈信盲問日?清晨非夢寐,見此五色筆。寒光動斗牛,餘照墮圭蓽。目前千古在,吾故一日失。至道涵深純,大雅藏僴瑟。懷茲泉石心,賁之林野質。百年豈不短?萬羨從此畢。儻云可與語,敢憚竹以膝。

登師姑巖,見城中大閱,恍如陣蟻,因思舊從戎吏,亦其中之一蟻,感而遂賦

晨起捫層巔,蒼茫見塵市。鼛鼓生遠陴,壺蜂在幽耳。遙知細柳屯,於時閱軍士。俯彼萬鎧群,微哉一窨蟻!初集如慕羶,俄擁如聚米。或圓如旋磨,或方如緣几。隱隱狀下聲,牛鬥差可擬。未熟黃粱間,忽憶大槐裏。昔在群蟻中,不知蟻是己。長揖謝孫穮,微笑辭蔚起。蠻觸胡爲哉?雞蟲今已矣。醉眼未醒時,此真尺與咫。更陟最上頭,須彌亦芥子。

送郭濟叔分教邵陽

秋山多爽氣,南楚登修程。豈無別離懷?此別人所榮。睠言紫帽秀,翹然碧流英。千載木鐸寄,一脉濂泉清。無氈不言寒,有道當自鳴。采芹發新謠,吟藥生逸情。汾陽昔何人?努力加令名。

古意答胡葦航

偃蹇當風松,四望無寧枝。蔦蘿空自纏,鸞鳳非所羈。固乏棟樑具,聊聳巖壑姿。豈無深林柯?百尺懸旌麾。下有千歲苓,勿使行人知。

送遠曲別葦航

驅車晨出門,薄酒持送君。離心一寸鐵,修嶺千重雲。遙憐風雨夜,應念霜雪群。猿鶴豈敢怨?所期在斯文。

見 山 臺

叠石生幽雲,層臺起修竹。群山不出門,一日俱在目。遠眺極悠悠,男兒豈碌碌?寶匣長夜鳴,黃金幾時築?此事誰與論?掀髯對雲麓。

泊 舟 蘭 溪

江流萬古意,客游邁中年。茫茫見遠樹,渺渺嘆逝川。旅舟泊明月,溪謳出長烟。千帆趣各異,萬里愁共煎。船頭有美酒,吹火煮小鮮。丈夫非無泪,不灑商婦絃。

登師姑巖懷古十韻

郭中愛青山,推窗納青碧。不見山中人,白雲自堆積。登睇廓悠悠,此眼亦已窄。但見寰中塵,不見塵中客。相去詎幾許?恍若萬里隔。日暮攀崔嵬,泫然感疇昔。蜀道無人行,嵩山絶蹄迹。豈無九迴腸,安得雙飛翮?傾我百壺酒,撫此千丈石。不知蠟屐翁,着得幾量屐?

仲冬下澣會同僚游東巖《圖經》云:"此乃仙人蛻骨之地,中有石鼓,叩之震響。"

羽人脱屣去,古洞留嵌巖。白雲亦世態,隨風蛻其緘。石飴已何許,誰能味其甘?土偶寂不語,樵牧同此龕。坎坎擊石鼓,歸去誇彼談。遂使蠟屐人,於此移其貪。猗桐植翠蓋,翳翳當薰南。琤然擊石流,燕坐心默參。朝暮豈異理?莫誑狙四三。暄涼得其適,所訝非瘴嵐。梅花對白髮,風前雪鬖鬖。揮觴屬同僚,出語皆酸鹹。猶拘鐵漢語,飲之不至酣。託時紀曾游,誰將鐵爲庵?

寄豫章李明府

太白搖芒芒,只在西山陽。常言欲千里,一夜千里長。酒盡還磊魂,出匣鳴干將。蘭菊猶可秋,白日安可量?

亦竹軒

娟娟竹上露,泠泠竹間風。風露自高潔,軒窗亦玲瓏。明月散清影,獨起行繞叢。緬懷愛竹人,氣味千載同。

六和塔僧房

天風語簷鈴,蒼靄藏古殿。穿竹逢緇衣,拈花對黃面。誰把山水心,爲我露一綫?推窗古樹隙,空水還匹練。山色忽有無,潮來半空濺。須臾簸舟楫,木葉飛片片。魚鰕恣掀舞,洲渚入烊煉。山僧寂無言,千帆閱將遍。

送梅峰阮監鎮東歸

豪氣宇宙窄,健筆風雷驚。處禪笑群虱,有酒甘步兵。半酣百年寄,一嘯千古輕。青眼能幾人？白首識此情。

噴　玉　布采孟東野詩語。

蒼珉卧偃蹇，飛瓊漱潺湲。東野噴玉布，廬山谷簾泉。玉斧敲寒冰，隨風走連卷。清聲足洗耳，枕流恐徒然。

梅陽郡齋鐵庵梅花五首

廣平一寸鐵，不信句煉柔。猶疑雪月競，韜玉無處求。神人藐姑射，夜趁嫦娥游。縹緲不可見，天風想琳璆。

其　二
孤山隱君子，搜索入幻眇。方且判鴻濛，倏爾得一竅。童鶴俱不知，吟成忽自笑。翛然脱情塵，高標立寒峭。

其　三
江南擅名勝，雅愛陸敬風。豈無可以贈？折枝寄郵筒。緘香不敢泄，千里一寸衷。對雪感歲暮，白頭謾西東。

其　四
卓哉誠齋老，驅車陟崔嵬！清風欲洗瘴，駕言爲花來。仰止冰玉人，念彼同根荄。思翁不可説，江邊重徘徊。

其　五
枯株類鐵漢，瘴虐不敢侵。歲寒葉落盡，微見天地心。陽和一點力，生意滿故林。至仁雨露澤，不覺淪肌深。

萬　壑　清　流

旨哉哲人語，有道親爲傳！清流出萬壑，千載此兩賢。誰傾六月雪，洗我一片天？妙趣不可極，如此山中泉。

白　水　巖

泰山有積雷，坤媼乃善藏。何時發靈秘？一脉流膏滂。至仁及物意，後世疑濫觴。螭蟠久懶臥，辟易離電光。豐隆亦豪士，夜半驅阿香。天鼓何處來？大雪驚飄揚。飛星雜雨射，怒雹翻颳狂。倚欄兩眼眩，應接俱弗遑。呂梁三千仞，吾聞老蒙莊。行歌不憚勞，習坎守故常。峨眉有仙伯，佛迹窺荒唐。濯足弄海月，戲侮相頡頏。堪笑失箸人，氣骨何羸尫！醉呼李太白，欲製芙蓉裳。此泉願爲酒，萬斛輸滄浪。簡寂耿我夢，九疊迂我腸。雁蕩更詭異，龍湫舞堂堂。何當寄鵬翼，瞬息天一方！仙人笑擘脯，滄海觀種桑。人世彈指頃，萬古天地長。

戲效浪仙體

硉兀復硉兀，世事安可卜？馬蹶輕四蹄，夔行吟一足。知守吾轍難，遑問羊腸曲。行行復何之？幽人在空谷。

書會溪郴陽瀑布圖後三首

山椒斫寒翠，澗曲披玄圖。寫此一派潤，化作萬頃腴。誰知田中禾，粒粒心上珠！

其　二

楚山亦瘴癘，湘水多幽靈。高飈雷電激，盡日霰雪零。滌去熱惱腸，清風自泠泠。

其　三

千山六月火，可使金石然。懷茲水一滴，想彼心千年。願君倒天瓢，流澤無中邊。

草堂瀑布

西瞻香爐氣，北望鍾山英。寧如坐巖曲，飛玉光欄楹。異哉天地秀，孕此冰霜精！梅花立其旁，姑射凌寒清。仙岋月耿耿，神珮風錚錚。窗户六月冷，草木三冬榮。錦水懷少陵，銀河照長庚。所嗜固不同，聊復娛吾生。

題瀑布圖後

平生託游從，林野乃其趣。出處偶不同，清濁良已忤。解組浣吾塵，叩門爲君訴。方殷岐黃事，何日當展晤？欲漱林下泉，蠻驢念同路。默携照膽鏡，歷歷見情愫。韋韡誰爲驅？千林瀉瀑布。初掛冰一簾，晶晶滴珠露。弄電不輟笑，轟谷激電怒。玉虹擘重崖，白晝雲雪互。震悼弗若容，俄然脱沉痼。寂寂霜林鐘，茫茫虎溪渡。草堂香山基，興廢今幾度？誅茅詎爲晚？千古一旦暮。與君共兹圖，濯濯如振鷺。登眺晨百回，疇能局高步？

中庭步月

月光被中庭，竹影弄幽色。瀟瀟一幅素，灑灑數莖墨。忽然風動處，惟有月寫得。此畫應入神，無言自心識。

純陽洞讀書和中山陳禮郎韻

弄珠寄南海，移文譏北山。出處雖異位，夢覺同一關。純陽有真境，古洞扃林端。絶頂象緯逼，六月天氣寒。道人討幽勝，誅茆謀蓋棺。緣深野雞狎，供罷齋魚閑。斗軒適容膝，點勘酬鉛丹。理義貴自得，神仙諒非難。嗟我久荒索，摧心罹棘艱。羞羨鶴俯仰，空悲馬班桓。終南在何許，得去何須還？

又題純陽洞

十里捫藤蘿，千崖插虛碧。仰覺雲漢低，俯見塵市窄。小山走委蛇，遠水別支脉。身騎鷫鸘枝，目眇大鵬翮。更有千載人，幽巖蜕空魄。朝蹴一片雲，夜嘯百丈石。我疑真人去，留此守劍舄。道人既無心，何事苦着迹？我有一壺酒，起舞酹仙伯。松槿雖殊途，宇宙同作客。

枸杞井

四時可以采，不采當自榮。青條覆碧甃，見此眼已明。目爲仙人杖，其事因長生。飲此枸杞水，與結千歲盟。

山中井

乾元肇初氣，坤母乃六之。誰明爻象意，鑿出混沌奇？所以擊壤民，飲水源不知。空山有古甃，夜氣方歸時。明月照我牗，獨起携軍持。一瓢飲沆瀣，凉意生肝脾。下以澆丹田，上以滋華池。瀟然脫塵土，舉身入希夷。神人授我訣，欲以療我饑。歸來煮白石，精饌瓊爲糜。

菊花潭

何處無甘菊？何處無清泉？菊泉適相值，天地何嘗偏？豈但爲九日，可以逾百年。願與潭下村，餐英汲潺湲。

古意

梳鬟照寒沚，寒沚知貞胸。整鬟摘秋芳，秋芳無冶容。平生幾偃蹇，今逐梁君鴻。既甘布裙縓，寧厭短褐舂？別目信已篤，刲耳何所從？獨撫箜篌謠，河流自溁溁。

頭陀成庵主刺血寫法華經

丹書何切切，滴心不滴血。縱使血可乾，其如心不竭。蜀鳥啼作花，至今萬山纈。殺身以成仁，遺訓有先哲。

燈蛾

出暗亦已顯，傅翼乃不任。趨炎弗知止，倏忽游燧林。不見異域傳，乃有噉火禽。

蜜蜂

四時有佳卉,兩股不停探。花露本清洌,安用如許甘?平生事苦口,氣味轉不諳。

蜘蛛

輕絲出蟠腹,口織不用梭。前身豈虞人?所食在網羅。茆欄亦可冒,如此豸者何?

促織

炎夏居壁根,凉秋噪籬側。安得懶婦人,豈其曠乃職?不念作繭勞,徒能促人織。

蟻

玄駒不可縶,若象寧無端?南柯二十載,夢覺指一彈。誰云丘垤微,轉覺天地寬。

蠹魚

種芸豈辟蠹?無水乃有魚。平生破萬卷,胸次藏石渠。何如葉上蟲,篆出先秦書?

捫虱

上即居人頭,下即居人身。夙豈爲食人?今乃務食人。不必勞爪掐,聊以捫對賓。

蚊二首

白日沿溝渠,中宵隱堂奧。觸處招燎烟,幾人有良幬?眵睫知若何?口嘴有計暴。

其　二

　　晝伏夜已動,血人謀其生。不作林中虎,而爲帳下蟲。饑虎有時逢,林密少人行。微物不可忽,群聚成雷轟。眾嘴雖刀鋋,矮屋甑釜烹。膚爪良自忤,扇撲勞迭更。下車搏猛虎,一死政自輕。纖纖無所詰,長夜不肯明。爲我驅蚩廉,么麼一掃清。

蚤

　　疾跳若幻術,常笑虱縫拘。動致磨齒牙,害止搔皮膚。纖芥何足云？有人飼於菟。

心泉學詩稿卷三

七言古詩

神駿歌送趙委順就漕

神駿不受羈,豈知日千里?小試秋風前,爍爍電光起。何須金絡腦,不用珊瑚鞭。徐看血汗沫,透出青連錢。飛去度赤水,橫行抹燕山。歸持獻天子,高列十二閑。渴飲水底月,饑餐草頭珠。輕搖玉麈尾,側碾青氍毹。振鬣長鳴謝伯樂,千秋萬古八駿圖。

子別母呈所翁陳先生

子別母,欲別牽衣意何苦?母有衆兒俱母憐,兒無別母兒誰乳?海惡寧匪蛟,山饕莫如虎。小大不相棄,高深自爲扈。萬古天地中,何得如母所?披絮成踟躕,履霜正淒楚。不見城上烏,相隨八九子。反哺何足云?慈烏乃如此。引翼且莫高,短翅將千里。

醉　歌

有人八百歲,作鬼三千年。如此豈不夭?或者稱其綿。大椿一春秋,爲歲各八千。久矣摧爲塵,朝菌猶目前。燕坐一息頃,直到羲農邊。誰謂未來事如漆,未來龜鏡已在先。天地一指掌,日月雙跳丸。搏沙小兒戲,滄海爲桑田。南華達生亦已死,伯倫半醉不是顛。讀書堂上眼如月,輪扁釋鑿乃驪然。高車本桎梏,更被繩墨牽。利澤苟未諧,仁義空自煎。有客區區老山澤,不鳴不食稱神仙。呼來飲酒不肯飲,月明騎鶴游青天。舉杯邀明月,舞影各自憐。必求至樂,何者爲至樂？今也不樂,何用空拳拳？

菊　露　謠

清晨采黃菊,露滴露（菊）花叢。黃花泣白露,白露晞秋風。秋風莫相試,菊薙心不同。薙露明朝落不落,黃華獨老秋風中。

送劉童子試藝天京神童八歲,能文能射,陣圖、先天圖、揲蓍法皆能之。

磽磽頭角出群玉,炯炯瞳人剪秋漪。神光現作照書月,一覽千古無復遺。殊科自可獻上國,況能文藝超等夷。河洛圖書識蘊奧,更明爻象通神蓍。陣分八勢演古法,操弓挾矢動有儀。眼前大要固如此,有人頭白俱不知。當今所重不在寶,弓旌聘召方四馳。豈無古人已成筭？時乖事異難設施。秋風邊塵浩無際,綸巾羽扇思見之。終軍棄繻繻尚在,劉晏正字字或欹。終身願秉清忠節,芳猷可繼大年詩。

送沈保叔國論試藝右庠

讀書讀心不讀迹,以言易言竟何益？射弓射志不射箭,以力假力何足羨？因蹄得兔蹄安用？以虎視石虎則中。設科取藝良已拘,分毫得失如挎蒲。微官況復多繩墨,千里思馳困羈勒。生子嫁屬他人屋,生男不出出許國。堂堂八尺無創瘢,如斗金印栀蠟顔。一條秋水持贈君,腰間願看生風雲。君不見唐家將相婁師德,也曾應詔紅抹額。摑鐘飲酒皆兒嬉,握拳透爪真男兒。

君不來詞寄雲帽上人梅坡翁

君不來,山中底事堪嫌猜？積雨愁人不可道,至今聲迹何寥哉！竹風微動攬衣起,使我一日腸九迴。君不來,門前日日添蒼苔。

送林城山歸上饒

平生喜誦城山句，一誦千回起狂慕。夢魂夜夜峨眉巔，峨眉只在家西住。照人樓蜃嘘青紅，落筆天虬走雲霧。冥搜古髓生潤芳，坐演正聲入韶濩。蘭宮璧水俱雋功，金馬玉堂豈迂步？何人爲叫閶闔雲？試使琅玕一披露。男兒豈暇謀溫飽？丹心要使輝青素。水潮方仰昌黎韓，日邊又起長沙傅。玉山萬仞高岧嶢，叢玉琤琤悦朝暮。嗟哉精衛愚復愚，海石悠悠力安措？傍人齲齒看癡狂，持此癡狂向誰訴？古來離別惟有酒，此別情酸酒如醋。萍蓬萬里終有家，而今更把家爲路。

送孫畊山

梅落癡風寒贔屭，海雁驚春動歸思。寒驢石磴空踟躕，黃犢青山勞夢寐。千載休疑漱石訛，幾人堪説種瓜事？南州高士不可攀，俗吏空餐抱深愧。

贈日者馮鼎山

馮君胸中爛星斗，測人窮達誰與偶？得錢便據青旗亭，北斗還堪把漿酒。醉來訪我梅花傍，索飲哦詩恣狂吼。平生許予皆公侯，大軸長篇玩盈手。不言于麓神仙人，泣雨滂沱氣填口。與君生長醉鄉國，借箸前籌爲君剖。東坡固類韓昌黎，伯倫何如畢吏部？何處有酒三百壺？姓字甘書酒人簿。畏死安能抱仁義？貪生不解推子午。酒星此去住何宮？相從且作糟丘主。

濯足瀑下

石峽轟轟作雷吼，白虹飛趨電光走。老蛟攪起陰壑藏，電雪當空射瓊玖。禪僧倚錫疑欲飛，兒童驚呼不停口。山夫伸足承下沫，陰風凛凛生毛髮。雨飛如箭任不知，旁人休猜鐵爲骨。

壯哉亭觀龍湫作

雪車冰柱劉叉狂,玉川更與相頡頏。車聲羊腸幾盤折,飛冰走雪何茫茫。天公矜此老怪物,六丁直下白晝驅。阿香豐龍列缺一時起,千車百柱摧靡靡。玉虯銀闕掀霜髯,藥兔蟾宮搗瑤髓。濤驚浪駭不可摹,璧碎珠傾詎堪擬?長風吹雨一座寒,兒童不敢正面看。狂客何心助鼓譟?磽田萬頃思波瀾。被髮行歌愜狂想,寶華天雨寧專賞?炎天上火下如湯,一派清泠浹鄰壤。勸君飲酒君莫疑,有酒不飲吾何癡?夜光魚目紛紛雜錯烏可辨?眼中如露如電,醉來大笑俱不知。

登北山真武觀試泉

莫誇陽羨茗,在彼山之巔。莫誇惠山溜,試此山之泉。不生陸鴻漸,渴死盧玉川。且共春風裏,不鬥社雨前。雀舌最嫩弱,植耳嘉樹一發如針然。靈苗合讓武夷貢,清香不與羅浮專。北山古丘神所授,以泉名郡天下傳。置郵縱可走千里,不如一掬清且鮮。人生適意在所便,物各有產盡隨天。寒驢破帽出近郭,裹茶汲井手自煎。泉鮮水活別無法,甌中沸出酥雪妍。山中道士不識此,彈口咋舌稱神仙。從今決意修茗事,典衣買樹蒔井邊。道士且莫顛,古人作善戒所先。山中種茶一百頃,不如山下數畝田。饑餐渴飲無長物,何患敲門驚晝眠?

游金山寺呈茂老

長江氣勢何雄雄,波心幻出青蓮宮。江流萬古浮不去,疑有根蒂誰能窮?溯流遠見一培塿,傳聞壯觀疑談空。風帆漸迫驚詭異,金碧還繞深蒙茸。小船破浪與客去,繫纜階石穿玲瓏。門前筆架水面立,波濤日夕相撞舂。重樓複道費登陟,面面奇怪陡不同。丹徒西望聳觀閣,淮海大塊居其東。倚欄簷外水轉窄,飛鴻沒處明雙瞳。與僧煮茗話今古,莫窮幻眇窺鴻濛。瀛洲方丈在何許?騎牛覓牛休憧憧。遙指危墻夜泊處,驚颸飄簸如飛蓬。禪關深閉浪打屋,夜定不動猜游龍。清游適值九月九，汲泉細摘黃花叢。水上登高復誰信？證明賴有今遠公。登堂恍惚見坡印，瓣香起敬仙佛踪。想像形容記言語，涕零心惻生不逢。未窮清興下山去，扁舟一瞬在閶風。作詩聊復紀游迹，來尋此迹何時重？

游西巖劉元城赴貶僑居之所。

誰扇洪爐欲煮鐵？一寸如冰不曾熱。歲寒心事梅花知，炭事如何與冰説？西巖結屋烟作罩，斑斑不露如隱豹。人生大欲剛斷除，静處生涯乃仁樂。碧梧翠竹如琅玕，寒泉玉珮鳴珊珊。終焉爲計亦不惡，豈知白日生羽翰？翻思一夜鐘鳴時，先生高卧如希夷。何人更嗔瘴鬼瘧？及鋒而用皆驚疑。薦泉采菊想遺迹，奚其與侶昌黎伯？薰蕕已定人所知，聊把曾游記巖石。

書草屋壁

天地無終窮，萬物乃芻狗。勿誇杏爲梁，何如甕作牖？昔聞巢氏民，仁義亦奚有？蠢蠢不識知，居居自醇厚。今來豐屋士，文法困繩紐。力競蜿蚓蟲，計生養狙叟。誰家甲第巍入雲，何人鶉衣不掩肘？豈知鬼瞰因高明，安得春陽到窮蔀？蝸廬能幾何？蠻觸勝亦負。憶我柴桑翁，荒宅十餘畝。草屋八九間，柴門五株柳。野水滋粳粲，春畦足葱韭。永日爲琴書，停雲念親友。儀秦枉饒舌，施龍漫多口。白衣蒼狗安可知？不夷不惠自可否。

愁劇忽失笑

愁劇忽失笑，不覺心夷然。量珠成斗笑不賣，熔金爲海愁不煎。蜜蜂與蓼蟲，生死甘苦緣。今也不爲樂，人有幾百年？士龍莫笑跌落水，水中不着此笑仙。

九日

芙蓉披靡秋水寒，吳姝越艷芳思單。漫把黃花事佳節，黃花不入歌舞歡。昔人戲馬足強健，今我無酒空巉岏。黃花無言不可詰，青山落日明歸翰。

心泉學詩稿卷四

五言律詩

送莊糾之官莆陽

荷橐藹諸孫,英英列戟門。能聲家有譜,清識郡無冤。松影旌旗道,梅花玉雪春。親庭兩驛便,時得問涼暄。

歲暮度朋山嶺,登山庵,追慕先人,不勝悲愴,因用楊敬夫韻

歲寒霜露感,況復度高深。雲林猶如此,苔磯不忍臨。溪流一綫碧,門對兩山岑。含涕危亭曲,遺言尚可尋。

友人若木余兄告歸,詩以送之

兩年游海國,一半在山扉。政喜沙鷗狎,忽驚遼鶴歸。苦吟黃葉落,凝睇白雲飛。志已堅親養,難分薜荔衣。

寄徑山書記悟上人

人間傳妙語,塵外更深藏。寢食因吟廢,形骸欲坐忘。瘦林秋見鶴,斷磬夜聞蛩。出定生幽思,窗虛月在廊。

寄思溪老藏叟珍上人

萬折苕溪水,精廬若個邊。菰菱時入供,包錫暮行船。月朗無雲夜,鷗橫欲雪天。了知身是客,莫負故山緣。

寄老溪上人

已知山是石,掛起碧筇條。家在黃梅樹,門當獨木橋。寡交因犬惡,默坐聽蟬調。同道何時過?心慵不見招。

招枯崖悟上人住山

山僧如病鶴,意氣獨離群。思共孤山月,閑分半榻雲。井華晨起汲,瀑布夜深聞。相向無言說,窗間草木欣。

和胡竹莊韻

脫落皮毛盡,而今腸亦無。泣非緣楚玉,聲不叶齊竽。舉目雲天迥,論心水月孤。祇應飲美酒,跳入費公壺。

次清老弟韻

恐負東風約,清吟野步遲。淡烟楊柳外,微雨海棠時。遠寄千杯綠,多情兩鬢絲。閑愁須遣盡,蜂蝶不堪羈。

趙委順寄詩山中因次韻

欲言誰與共?冉冉日還斜。繞郭多春樹,隔江生暮霞。滿堤吹柳絮,一舸泛桃花。唯愛鯿魚美,垂緡傍古槎。

題梅窗嘯月圖

梅花紙帳夢,耿耿欲宵殘。何處幽人嘯?一窗明月寒。素光流肺腑,清響動巖巒。擁膝無言語,歸來意自歡。

贈隱者

自是山林僻,何心與世疏?土鐺三合米,竹牖半床書。月樹迷歸鶴,沙泉數過魚。無人覓巢許,不必更深居。

挽呂秘書

玉階空憶去,破屋古梅旁。猶訝黯言直,不磨遷史良。葵心猶白髮,槐夢落黃粱。最後龍門客,恩深涕泗滂。

悼 亡

百歲期偕老,半生塵夢訛。方諧委畚事,忍作鼓盆歌。野水悲蘋藻,秋風泣薜蘿。青燈課子誦,此意念君多。

小兒生日

今年二十八,細憶始生時。漸喜山多樹,尤憐水滿池。相寬吾老大,自教爾童兒。佛誕明朝是,然香共展眉。

贈日者王談天

問天天不言,君更欲談天。只且話明日,豈須窮百年？已靈機石事,猶夢蟻柯邊。爲叩希夷老,如何尚愛眠？

阿助守歲誦杜工部"四十明朝是"之句請足成

四十明朝是,瞻天祇乞閒。自慚身計拙,早覺鬢毛斑。守歲從兒喜,攪春借酒顏。盍簪喧馬意,清夢五雲間。

送枯崖悟上人省觀三山

遍踏長松影,行吟入畫屏。秋江一葉渡,落日數峰青。白髮干新夢,黃花制晚齡。片雲何日會？重約在林扃。

即　　事

江樓人卧病，寂寞更誰憐？有子常離抱，無家可祝先。雕牆笑茅屋，滄海幻桑田。昨聽東鄰訃，浮華亦夢然。

約趙委順北山試泉

擬尋青竹杖，同訪白雲龕。野茗春深苦，山泉雨後甘。鳥聲塵夢醒，花事午風酣。靜趣期心會，逢人勿費談。

春陰偶成柬枯崖

砌蘚頻侵綠，野花相避紅。不知昏與晝，惟見雨和風。有酒爲寒盡，無詩非景窮。地爐煨芋火，時約老僧同。

友人余兄歸，小詩寄胡葦航

別去又梅時，夷塗豈倦馳？能存二頃事，寧畏十年遲？耐冷心如鐵，因吟鬢欲絲。猶嫌夜來夢，不解說相思。

寄胡葦航料院

別來梅正謝，愁坐柳成陰。救世有何策？圖名非本心。萬言難復古，一語儻醫今。已向山中老，因風懷所欽。

九月九日登山

日月百年寬，良辰天不慳。秋來常對菊，情適便登山。戶外無塵鞅，籬邊有酒顏。當時老彭澤，幽事獨相關。

題江心寺詩

聞說東甌勝，兹遊心頗降。江心浮一寺，水面立雙幢。路絕帆當戶，潮回月漾窗。悠悠懷古思,把酒酹漁缸。

七夕前二日,與窺堂莊使君江橫觀水望霓悵然

倚欄人不識,懷古尚心驚。坐想彌漫意,卧聞鞭轄聲。浪翻京口寺,潮打石頭城。莫說南柯事,相寬老大情。

溪堂春日即事

抵是此溪山,須將舊眼看。鷗飛綠不染,鳥沒翠如攢。雨過巖巒净,潮來天地寬。莫浮茅屋去,犬吠拍欄杆。

八月十三夜道士湖泛月

萬事廓悠悠,因貧得縱游。天慳一樣月,人有幾中秋?短笛芙蓉浦,芳尊杜若洲。清狂欠拘束,誰恕道家流?

寒山暮景

青山寒似削,黃葉掃仍飛。落日行人急,癡風過翼稀。老雞尋舊杙,野犬吠緇衣。獨倚枯藤立,柴門候牧歸。

三疊泉廬山簡寂觀十五里,一名擷泉

此豈凡間物?神人疑屬靨。踏翻雲母硾,放出水精簾。娥女愁遺珮,冰虬或弄髯。鮫絹一百丈,織出浪紋纖。

題純陽洞

路入松蘿去,閑眠石頂雲。半宵忽聞虎,六月不飛蚊。烟郭多年晝,晴疇破衲紋。世無俱絕粒,持鉢不如耘。

重　陽

落花渾似舊，白髮忽驚新。爭說參軍帽，誰憐處士巾？折腰寧不辱，有酒未爲貧。絶愛南山色，相看意轉真。

題海雲樓下一碧萬頃亭

倚闌心目净，萬頃一磨銅。欲畫畫不得，託言言更窮。陰晴山遠近，日夜水西東。此意知誰會？鷗邊獨釣翁。

心　泉

來尋萬古意，聊結此生緣。久視都無物，中間只見天。靈根何處覓？露液曉初鮮。白髮今如此，捫松憶少年。

石潭觀魚

拂石揩頤久，閒心寂似初。不知渾是水，寧覺我非魚？欲數猶疑幻，相看若在虛。星星雙鬢影，何事入方諸？

題金粟洞

天風吹絶頂，小立客思豪。遥海望無際，衆風疑避高。龍留神骨去，犀斂夜光韜。惟愛瑶池水，尋雲學種桃。

種　麥

荒林僻左地，時已及來牟。頗學鴉種麥，可憐人代牛。莫言末粗苦，且願甲兵休。來歲如旋磨，機輪向瀑流。

委順趙君見遺千里小景鴉鵲圖，有詩將之，用韻爲謝

朝拂扶桑影，暮尋明月枝。群飛心共遠，三匝意猶遲。相向無聲裏，應思落

筆時。寸程千里闊，惟可與君知。

送清老弟歸荆湖幕

驅車出閩嶠，微官歷江湖。沙塞馬蹄疾，水天鴻影孤。楚天時臥鼓，蜀道日飛芻。萬里戎旃客，何當表丈夫？

聞蟋蟀有感

煎煎促誰織？機杼咽空林。何處露薠下？入人秋思深。青燈一綫泪，孤枕百年心。此意知誰會？悠然太古音。

挽仁山楊先生

滴盡艱難泪，肝腸鐵似頑。忍教師道絶，還向我翁潸。命也吾何憾？天乎識故慳。平生修潔意，千載此西山。

心泉學詩稿卷五

七言律詩

用翁雪舟送春韻三首

錦衣年少不知愁，風雨無端惱客游。萬點殘紅空過眼，一番新綠又從頭。夕陽細草堪橫笛，野渡垂楊可繫舟。三百六旬渾是醉，餞春何用苦綢繆？

其二

隙駒如箭未堪憐，晴雨悲歡付自然。九十春光能幾日？一番花信又明年。殘紅數點心終在，垂柳千絲意許妍。說與遊人莫惆悵，綠陰幽草一般天。

其三

底事黃鸝喚不休？出門欣見綠陰稠。殘紅滿地無人掃，芳草連天起客愁。泪落田間聞牧笛，醉歸江上問漁舟。杜鵑也合催春去，何處而今孟浪遊？

送擇齋先生徐大監赴建倉

帝命元臣選外臺，南州聲望久崔嵬。倉箱早辦九年集，原隰欣迎四牡來。父老此時方見日，吏饕平晝忽驚雷。錦衣翠節鄉邦重，耿耿文星照上臺。

用老竹與子晦韻

冰清玉潔好風襟，老屋淒涼興味深。身世已非塵外迹，語言猶是竹邊音。且陪此日鶯花樂，休憶當年燈火心。白髮相見能幾許？樽前須要惜光陰。

和楊芸齋送枯崖住興福韻

一夜春光到竹門，東風拂拂動閒雲。鉗鎚粗了人間債，瓶錫聊拋林下群。

烟塔忽驚當户立，霜鐘猶記舊山聞。高談亹亹天花落，老衲廊頭意自欣。

寄石隱老嶼上人

已約巖頭同數宿，如何消息竟茫然？抱琴有意彈明月，采藥無心到絕巔。不過虎溪安得笑？偶逢醉石便欹眠。山林此樂而今少，一日相從是宿緣。

和倪梅村

偶携琴册傍林泉，坐對梅花記往年。鴻燕何心成巧避？夔蚿無語自相憐。才吟瘦影黃昏月，又見殘紅細雨天。擬把楚騷重載酒，掀髯抵掌話前緣。

再用韻和葦航

長江不直一杯寬，自笑狂生筆力慳。有酒何須誇戲馬，繞籬豈必強登山？世無劉表誰知己，人説淵明我厚顏。風雨滿城都過了，多簪黃菊出松關。

與小兒助子游江橫作

茸荷偶憶湘纍句，築屋還尋杜若汀。孤樹每留殘日白，片帆徐度遠山青。海鷗知我斷機慮，漁父與誰分醉醒？何處扁舟橫短笛？月明風裊不堪聽。

江橫暮景

獨倚闌干對落霞，垂楊古渡欲棲鴉。漁翁何處烟藏浦？白鷺成群月浸沙。泪落西風叫黃鵠，酒闌夜深聽琵琶。誰人得似鴟夷子？一葉浮雲總是家。

再題江橫

一榻虛明懷抱幽，水天無際望悠悠。潮來不覺沙洲役，浪打只疑茅屋浮。何處漁人橫短笛？有時婺婦泣孤舟。忘機何必曾相狎，説與江邊群白鷗。

游鼓山題天風海濤亭

翛翛白髮倚欄杆，笑仰高峰巾袂仙。但見烟霞相遠近，不知宇宙有中邊。

宦途人在非凡境,客裏身游極樂天。自嘆情懷今潦倒,重來未識是何年。

送使君趙寺丞見泰先生

別郡安知寄此州?攀轅合借我公留。求仁而得又何怨,蔽美豈其爲好修?花徑怕風宜落絮,秧田足雨恐妨牟。春歸誰識春心苦?才説思春欲白頭。

寄何我軒

十年不見此髯翁,笑我而今鬢亦蓬。幾度因詩親水部,一迴看劍泣山公。無心塵世雲移岫,極目仙壺浪拍空。痛飲劇談非是夢,寸丹長與荔枝紅。

閑坐觀海,興致悠然,是時月白如晝

一笑靈龜尾曳塗,扁舟聊復寄菰蒲。潮生潮落帆來去,雲卷雲舒山有無。風定若教胥怒息,月明空憶蠡游孤。漁翁不識人間事,白髮青蓑酒滿壺。

嶺後山莊

感慨重來歲月深,手栽松柏已成林。萬山自此無南北,一水長流不古今。先訓丁寧猶在耳,老吾寂寞自沾襟。君恩已遂祈閑請,莘野歸耕是本心。

回謁藍主簿,道傍見梅偶成

誰家一樹鋩斜欹?的皪疏花出短籬。黃葉久隨風卷地,幽姿當與雪同時。白頭朔漠窮蘇武,瘦骨西山餓伯夷。三嗅清芬一杯水,徘徊無語笑掀眉。

題深省庵

結草爲庵寄一枝,鐘魚聊復事清規。野蔬入供無人識,古柏爲香有佛知。頻去飲泉非爲渴,偶來坐石忽忘饑。常談且接頭陀伴,欲説上乘空費辭。

依韻寄呈林城山

鄰蛩深夜語幽幽,猶此塵埃一敝裘。甘菊已荒歸栗里,葡萄堪醉勝涼州。知心海上千年鶴,極目雲間五色樓。白髮正殷松柏念,不因泉石老斯丘。

即席用委順聽甘師琴韻

獨抱琴聲感歲年,冥搜趣外欲無絃。廣陵寂寂嵇生去,秋水幽幽鳴犢賢。一點山泉巖竇雨,數聲瑤珮沆寥天。音徽千載何人會?願和薰風殿閣前。

與興福老枯崖乘月觀濤

無心攜起碧筇條,偶爾來從漁父招。山色多情似吳越,濤聲牽夢到金焦。魚龍一任風雲便,鷗鷺不知天海遙。共倚欄干秋月白,豈期真樂在今宵?

西巖 有蜂巢、鶴柵。

石路層層碧蘚花,矮窗低户足烟霞。愁聞獨鶴悲寒角,靜閱群蜂湊晚衙。野菜旋挑奚待糝?石泉新汲自煎茶。爐燻銷盡拋書卷,閑倚欄干看日斜。

贈洪都高士蕭野鶴 亦號野田。

自從華表去蹢躅,鵠頂丹深不計年。萬里孤光中夜月,一聲清唳九重天。偶然夢覺思遼海,不是饑驅向野田。赤壁秋高風露下,無心曾喚老坡仙。

贈吳仰雲

雲中羽扇得真如,不用羞慚非故吾。入手千般休説巧,轉頭一着不爲愚。塵中羈絆無還有,物外逍遙有若無。我若忘機曾悟此,烟波鷗鷺是吾徒。

歲旦勉田鄰

歲律從新泰道亨,出門欣見麥青青。已無關外石壕吏,遙望城頭紫氣星。

往事莫追由世數①，寬恩頻下爲生靈。而今頗覺農爲重，説與村村父老聽。

端　　午

鬢符腰艾去紛紛，荷葉荷花匝水濱。思遠樓前雖有曲，若邪溪畔豈無人？莫將楚恨悲兒女，聊把騷章托鬼神。濁酒滿壺漁父笑，江邊鷗鷺正相親。

山園芍藥忽有花喜而賦

披草籬根問舊花，一番春事又萌芽。非因老態逢時感，祇怨②昏瞳作霧遮。何處而今尋爛熳，不圖於此見英華。翻階自合流芳咏，可惜飄零野客家。

夢故人郭推官元，用詩以奠之

鷄絮才陳泪已傾，故人旌旐尚禪扃。塵中愧我頭空白，夢裏逢君眼更青。束髮論交真意氣，傷心無語負幽冥。求銘敢後朋儕事？況復原頭有鶺鴒。

夜聞鄰笛

幽夢初回漏未央，起聞鄰笛倍淒涼。不知何處石崖裂，忽送一聲江水長。短棹清風懷赤壁，斷垣斜月隱山陽。猶疑吹到梅花落，不見梅花空攪腸。

風雨終夜獨坐不寐

風雨瀟瀟到夜終，夜寒一室坐虛空。何當樂與二三子，免使淒其六一翁。老大自甘爲老大，窮通休苦較窮通。此心不作窺園想，流水落花春夢中。

田園秋興

草屋柴門風露涼，寒瓜收蔓力鋤荒。新栽莙薘恰逢雨，欲剪芹藍猶待霜。牧豎歸來煨芋熟，田翁相就③潑醅香。里胥偶報徵苗急，自闢閑畦早築場。

郊行有感

雞犬不鳴何處村，頹簷破壁問誰門？蓬蒿滿地田園在，瓦礫如山井臼存。青草髑髏疑是夢，白頭父老泣無言。諮諏鄰舊多為鬼，倚杖徘徊堪斷魂。

近重陽作

滿城風雨近重陽，梧竹蕭蕭欲斷腸。敢望白衣來送酒？擬將黃菊去為糧。繫萸安得山堪避，落帽豈無人在旁？千載風流心獨會，飲泉亦足慰淒涼。

賦枸杞

神草如蓬世不知，壁間牆角自離離。辛盤空乏仙人杖，藥斧惟尋地骨皮。千歲未逢朱孺子，四時堪供陸天隨。霜晨忽訝春櫻熟，閑摘殷紅繞斷籬。

畫船

世路羊腸姑已之，扁舟我欲問冰夷。衹因吏部酷好酒，豈是雞林要售詩？萬事不如潮有信，寸心唯賴月相知。斜風細雨休歸去，此政老翁沉醉時。

游武夷九曲

紫縵紅裯事有根，綠函金鎖蛻猶存。無緣得到千巖頂，試問而今幾代孫？漢祀昔曾陳玉脯，晉人方始識桃源。不因大隱屏中老，未易抽簪叩洞門。

【校記】

① "數"：一作"態"。
② "怨"：一作"恐"。
③ "就"：一作"親"。

心泉學詩稿卷六

五言絶句

寄石隱

閉門十日雨,破屋砌生苔。此意何人會,抱琴來不來?

題葉寄楊芸夫

吟得秋風老,敲窗意轉深。憑將林下事,爲寄與知音。

心 泉二首

涓涓萬古意,湛湛一塵無。明月來窺鏡,寒宵露滴珠。

其 二

驟來驚辟易,久視益虛無。咫尺星堪摘,波搖又走珠。

菊 泉 詩

疏泉得古髓,種菊蒙秋潭。願與村中人,一瓢共清甘。

聞 泉

山椒一雨過,石罅百泉鳴。應接都不暇,更兼秋月明。

澗亭麈尾泉

泉揮玉麈尾,岫擁翠雲裘。盡日看不足,倚闌生古愁。

江横信笔

朝汐有贏縮,江横無古今。魚龍任掀舞,孤月任天心。

書滴翠巖壁

蘿衣濕寒翠,苔錦上嶙峋。一榻千峰裏,因詩憶古人。

書香爐瀑布圖後

飛流三百丈,日射碧琉璃。一氣何終極?淋漓自不知。

青霞西亭

長松被薜荔,怪石生烟霞。簹牙木杪見,上有山①人家。

滄浪亭

曉色松蒸霞,春陰柳垂霧。爲問橋下船,沿流到何處?

心泉

冷冷一澗泉,炯炯千樹雪。歲寒鐵石心,山中玩芳潔。

讀可翁閑坐偈

夜久風浪息,驪龍弄頷珠。水怪不敢動,明月滿江湖。

白鬚詩②

月照當襟雪,終剪施摩詰。我作白鬚行,而得養生術。

題石

巖石多意氣,松樹留高齡。倚杖渺雲濤,天風吹泠泠。

怡 雲

把作一片畫,晴陰渾不同。不知誰是畫,佇立意無窮。

寒 食 有 感

杏粥因懷舊,榆羹豈爲春？憑將禁火事,說與乞墦人。

郊 意

清晨起搔頭,荷鋤出門去。露濕野草花,香來不知處。

題畫竹扇寄友

明月二千里,清風一萬竿。相思寫不得,寫出夢來看。

春日聞禽戲題寓廨

隔墻聽幽呼,入坐春融融。午夢恬不成,始知身在籠。

棹 歌

鼓枻歸去來,裛風鳴策策。明月傾我壺,滄浪天一碧。

牧 童 歌十首

荷笠小蒼頭,犢褌乘水牛。揚鞭自叱咤,度隴復憑溝。

其 二
軟坡便佇犢,涼陰聚群髫。一豎忽然起,恐牛殘荳苗。

其 三
隔溪騎度水,浮去似鴟夷。莫話五湖事,且看牛背兒。

其 四
倦來牛背臥,一覺度前崗。牛飽兒呼餞,歸來煨芋香。

其　五

前山飛暮雨，牛上③展青蓑。回首牛呼犢，哀音兒唱歌。

其　六

斜陽歸處險，路熟了無疑。結草爲衣着，圈葭作竹吹。

其　七

野花簪短笠，露濕蔓青青。莫笑兒童小，人間河鼓星。

其　八

老翁分社酒，匕箸小孩提。黄犢今堪駕，明年學把犁。

其　九

生來在田野，少小學耕鋤。敢望多名譽，隨人角掛書。

其　十

芳郊望無際，逐草任西東。世上千場夢，人間一笛風。

七 言 絶 句

山 中 秋 曉

命策空山風露冷，野花無數不知名。林叢深處無人問，時吐秋芬一樣清。

書 隱 者 壁

鵑啼花落春已非，秧老蠶眠雨初霽。牛衣夢覺山日高，風前猶是巢由世。

飛 泉

蘚壁輕飛霧雨寒，一簾清漱玉珊珊。游鱗莫羨層瀾去，鏤雪雕冰滿肺肝。

題 贈 枯 崖

玉麈無心試出拈，山房春静燕窺簷。相思獨上青霞頂，閑倚欄干望塔尖。

贈老溪孚上人

玉澗雙盤略彴過，對人捫虱坐雞窠。煮茶與客早歸去，落日前山路更多。

石室閒坐，憶東坡"漁舟一葉江吞天"句，成一絶

漁舟一葉江吞天，誦翁此句心茫然。不知何處有此景，而今忽墮吾眼前。

錫老弟山居

君住南山我北山，隔溪斜照見炊烟。相尋懶趁溪邊路，村酒時沽上釣船。

閨　意

聘得深村玉雪姿，力勝杵臼案齊眉。笑他老大專房寵，猶把房幃比舊時。

酒　量　減

少年一日幾鵶夷，瓦甓而今力不支。莫笑杯中酒量減，至和全在半醺時。

題　武　夷

九曲諸峰向背殊，丹青雖巧不能模。堂堂標致高如許，靈迹何須問有無？

重游武夷偶成棹歌

一派彎環九曲溪，溪深溪淺净無泥。鷺鷥不作窺魚計，飛入屏風也似迷。

月　巖

皎皎應如欲下絃，爲誰長掛此巖前？行人莫笑中空洞，空洞中間盡是天。

青　霞

百尺長松巖下風，一輪明月屋西峰。夢回細數登山路，知在青霞第幾重。

玉　女　峰

玉山攢空擁霧鬟，鐵心千古照溪灣。願分一滴清溪水，去洗人間脂粉顏。

題西山靈峰感應寺

路入靈峰西復西，桄榔葉暗古招提。山僧更在雲深處，花落蒼苔幽鳥啼。

題　純　陽　洞

道士當年九日山，側身西望翠雲間。一枝乞倚純陽洞，萬仞崔嵬不可攀。

次枯崖上人催梅韻

黃葉蕭蕭雨滴階，夢魂飛到瀑邊梅。遙知椰栗山中老，一日花間一百回。

百　花　洲　梅

孤根寧不在栽培，枝北枝南春一回。盡道游魚是佳讖，不知洲上有花魁。

早　　梅

荷已全凋菊未殘，一枝的皪照江干。暖風莫詫攙先意，留取清芬待歲寒。

瀑上見梅，有懷老溪上人

野水斜橫最老枝，一生心事雪霜知。世人重眼不重鼻，祇愛花光與補之。

雨中見梅，泫然而作

夢繞孤山欲斷魂，竹籬茅舍雨紛紛。何心更作巡簷事？明月枝頭照泪痕。

次　　韻

絕頂秋高風露寒，倚闌心事到梅間。誰知歲晚相思意？欲種梅花滿此山。

贈林愚庵墨梅

色空已解花光意，香影難隨逋老踪。此叟芒端不著蜜，幾回曾誤壁間蜂。

題蕭照畫山水漁父四軸

裂石斷崖如赤壁，暗想當年學士蘇。巨口細鱗新網得，一樽惟有月相娛。

其二

輕蓑短棹下滄浪，不是尋常黃帽郎。料應江上青山色，肯博人間白玉堂。

其三

火雲收盡天逾闊，野艇歸來日未斜。秋思滿江禁不得，又吹長笛出蘆花。

其四

野航偶繫梅花下，人在梅花與雪俱。直釣情知魚不食，一絲終日掛冰壺。

漁父四首

昨日賣魚到城郭，暑氣千門正炮烙。買酒歸來風露涼，始信人間漁父樂。

其二

釣得魚來日又斜，潮回無路可歸家。炙魚當飯且一飽，閑看白鷗飛浪花。

其三

海光潋灩月團圓，一顆明珠落玉盤。鷗鷺不知何處宿，白頭閑坐把魚竿。

其四

青青淡淡水悠悠，有客江邊孟浪遊。漁父相逢欲借問，掉頭吟咏不相酬。

七夕

盈盈一水望牽牛，欲渡銀河不自由。月照纖纖織素手，爲君裁出翠雲裘。

江上聞笛

笛聲何處水茫茫？潮落沙寒月照廊。嵇呂成塵不可覓，滿襟清泪憶山陽。

春曉聞禽

喚回春夢幾聲禽,澗草巖花動此心。搔首偶然自失笑,不知何處是山林。

聞雞

無數窮簷苦夜悠,一聲驚散枕邊愁。天家合把黃金鑄,置向竿頭赦九州。

聞蟬

閉息含真抱葉枯,春風將盡蛻寒膚。綠槐忽作仙人嘯,長曳一聲山日晡。

賦竹間禽

晴哢連林春翕翕,一片勞心不堪縶。竹間勿作么鳳吟,何處飛來羽衣濕?

飯牛歌

新秧插遍水盈疇,童稚相呼去飯牛。極目平坡烟草細,歌聲何處雨颼颼?

碓

閑過枯崖丈室,午困假榻,起聞碓聲偶成。

午枕閑隨夢出塵,覺來不記是城闉。寂無人語惟聞碓,恐有穿腰持石人。

詠狸

買魚日日與牲狸,捕鼠有心奚待飢?但免翻盆與覆碗,何須要見血淋漓?

詩　餘

滿江紅 · 登樓偶作

樓倚虛空,覺人世,不知何處。身縹緲,半簷星斗,一窗風露。潮退沙平鳧雁静,夜深月黑魚龍怒。把清樽,獨自笑,餘生成何事？　　塵埃外,談高趣。烟波上,題新句。這美景良宵,且休虛度。夢覺宦情甜似蠟,老來况味酸如醋。念兒曹南北幾時歸？情朝暮。

賀新郎·贈鐵笛

鐵笛穿花去,問長安市上生涯,而今何似。破帽青衫塵滿面,不識何人共語。且面壁,聽風雨。惟我虛中元識破,笑人間,日月無停杼。名與利,莫輕許。　　人生窮達皆天鑄,試燈前爲問靈龜,勸君休怒。心肯命通元有數,何幸知音記取,季主也應留得住。百歲光陰彈指過,算伯夷盜跖俱塵土。心一寸,人千古。

漁父　詞十三首

萬里長江一釣絲,蕭蕭蓬鬢任風吹。微雨過,片帆欹,青山濃淡更多奇。

其　二

江渚春風澹蕩時,斜陽芳草鷓鴣飛。蓴菜滑,白魚肥,浮家泛宅不曾歸。

其　三

烟浦迴環幾百灣,無人知此檝頭船。風露冷,月娟娟,雲間一過看飛仙。

其　四

野纜閒移石筍江,旁人爭看老眉龐。鋪月席,展風窗,飛來何處白鷗雙。

其　五

葭荻横披衆木東,浪花如雪晚來風。雲母幌,水晶宫,蓮花一葉白頭翁。

其　六

飄忽狂風一霎間,長魚吹浪勢如山。牢繫纜,蓼花灣,白鷗沙上伴人閒。

其　七

清曉朦朧古渡頭,烟中人語艣聲柔。雲五色,蜃成樓,鷄鳴日出似羅浮。

其　八

搖首推篷曉色新,雪花飄瞥大江濱。漁父醉,不收緡,白髭紅頰玉爲人。

其　九

明月愁人夜未央,篷窗如畫水浪浪。何處笛,起淒凉,梅花噴作一天霜。

其　十

白首漁郎不解愁,長歌箕踞亦風流。江上事,寄蜉蝣,靈均那更恨悠悠。

其十一

琉璃爲地水精天,一葉漁舟浪滿顛。風蕭蕭,露娟娟,家在蘆花何處邊?

其十二

江上浪花飛灑天,拍階鞾韉屋如船。月不夜,水無邊,何處笛聲人未眠?

其十三

遠入茫茫無盡邊,漁舟來往似行天。欹枕看,不成眠,誰識人間太乙仙?

又　漁　父　詞 二首　書玄真祠壁。

白水塘邊白鷺飛,龍湫山下鯽魚肥。欹雨笠,着雲衣,玄真不見又空歸。

其　二

巖下無心雲自飛,塘邊足雨水初肥。龜曳尾,綠毛衣,荷盤無數爾安歸?

欸　乃　詞 贈漁父劉四。

白頭翁,白頭翁,江海爲田魚作糧。相逢祇可喚劉四,不受人呼劉四郎。

【校記】

① "山":一作"仙"。
② "白鬚詩":一作"白鬚翁"。
③ "上":一作"背"。

附　錄

四庫全書總目提要

　　臣等謹案：《心泉學詩稿》六卷，宋蒲壽宬撰。壽宬之名不見於史，其集亦不載於《藝文志》，惟明《文淵閣書目》載有《蒲心泉詩》一部一册。檢《永樂大典》各韻內所錄頗多，其間題名皆作"壽宬"。而淩迪知《萬姓統譜》則作"壽宬"，黃仲昭《八閩通志》又作"壽晟"，互有同異。今按《永樂大典》各卷皆作"宬"字，當非偶誤。其作"晟"、"宬"字者，殆傳寫訛也。

　　壽宬家本泉州，其官履不概見，惟《萬姓統譜》稱其於咸淳七年知蒲州。按：蒲州非南宋地，而集中有《梅陽壬申劭農偶成書呈同官詩》，壬申爲咸淳八年；梅陽即梅州，今爲廣東嘉應州地，是壽宬實知梅州。《萬姓統譜》又載，其在官儉約，於民一毫無所取，建曾井，汲水二瓶置座右。人頌曰："曾氏井泉千古冽；蒲侯心事一般清。"是壽宬在當日爲循吏。

　　《八閩通志》則稱，宋季益、廣二王航海至泉州，守臣蒲壽庚距城不納，皆出其兄壽宬陰謀。壽宬佯着黃冠野服，入法石山下，自稱處士，而密令壽庚納款於元。既而，壽庚以歸附功授官平章，富貴冠一時，壽宬亦居甲第。一日，二書生踵門獻詩，有"水聲禽語皆時事，莫道山翁總不知"之句。壽宬惶汗失措，追之不復見云云，則壽宬又一狡黠之叛人。

　　稗官小說記載多歧，宋、元二史皆無明文，其孰僞孰真，無從考證。今觀其詩，頗有冲澹閑遠之致，在宋、元之際猶屬雅音。裒錄存之，釐爲六卷，亦足以備一家。若其人則疑以傳疑，姑附諸南宋之末焉。

　　乾隆四十六年九月恭校上。

校 點 後 記

蒲壽宬,生卒年不詳,號心泉,南宋末至元初泉州回族著名詩人。

蒲氏先世系阿拉伯穆斯林香料商人,寓居占城(今越南中部)。南宋徙居廣州,入我國籍,"總諸番互市"。其時泉州海外貿易繁盛,超越廣州,壽宬之父定居泉州,繼續製造和販賣香料。

父死後,弟壽庚繼承發展香料商業,擁有巨大資產與船隊。爲保護家族利益,與兄協助官府平定海寇,因功而被授予任閩粵市舶的軍政高官,成爲宋、元鼎革之際的風雲人物。1276年初,元軍克臨安(今浙江杭州),看中壽庚,派人招撫。他權衡利害,決定叛宋降元,閉城殘殺趙氏宗室,拒納南宋末帝。壽庚因功再次任閩粵市舶的軍政高官,積極招引番商前來貿易,泉州海外貿易走向極盛,蒲家政治和經濟勢力更加强大,宋、元之際"擅番舶之利三十年"。

壽宬與弟壽庚性格、素養、志趣絶然不同,他厭惡經商當官,愛好清淡閒逸,廣交友朋,吟詩作賦。他雖因平定海寇有功,當上南宋領衛軍官,後陞梅州(今廣東嘉應市)知州,但時間極短,且是清官賢宦,關心民間疾苦,重視農業生產。梅州西邊有一口井,是五代縣令曾芳所開,投放防瘴藥救民,世稱曾井。壽宬每天都汲兩瓶曾井清水置於公案以自戒,還建一座護井石亭。有人寫聯詠他:"曾氏井泉千古冽;蒲侯心地一般清。"後調吉州(今江西吉安市)知州,他料宋將亡,辭不赴任,到泉州東南郊法石雲麓山終身隱居。

以前小說野史都說壽宬唆使其弟壽庚叛宋降元,其實不然,現代史家陳垣等人考證,壽宬是愛民好官,不會誘弟降元。他與前輩愛國賢宦、詩家、莆田人劉克莊,泉州同安(今屬廈門)愛國詩人丘葵都是摯友,互有詩篇唱和餽贈。丘葵老師呂大圭是愛國學者,泉州南安水頭樸兜人,後被壽庚殺害。如果壽宬誘弟降元,劉、丘必然嚴加痛斥,與之絶交,可是没有。壽宬死後,丘葵還寫了兩首《挽心泉蒲處士》詩,深表悼念。我們認爲,壽宬既無誘弟叛降,也不加制止,而是明哲保身,消極隱遁。

壽宬深受漢文化薰陶,精通詩文詞賦,有《心泉學詩稿》六卷。其中賦四篇,五言古詩一百零四首,七言古詩十四首,五言律詩四十一首,七言律詩三十七首,五言絶句三十一首,七言絶句四十首,詩餘(詞)十八首,共二百八十五首。最擅長五古和五律,數量最多。

蒲詩主要内容有:一、描寫隱居生活,表達自甘清寒的澹泊情志。二、遊覽名山、清川、寺巖、泉瀑等勝迹,描寫壯偉秀麗景色,抒發熱愛祖國與閩泉河山自然之情。三、叙寫歷史,歌頌古代高士、清官、良母、賢媛、才女的優秀品質。四、迎送、挽悼親友,與之唱和,表達對親友的真摯情感。五、描寫名花、禽獸、昆蟲,託物言志,寓寄愛憎褒貶之情。六、抒發四序佳節情懷。

壽宬反映宋末元初社會情況的詩作較少,但有一定的深度和現實意義。如:"南泉昔樂土,晝戟深凝香。今爲彫瘵區,鹽米憂倉皇。"寫泉州以前是個好地方,武器收藏不用。經過戰亂,人死很多,生活很苦。"可憐人代牛","且願甲兵休",戰亂破壞,没有耕牛,以人替代,盼望停止戰爭,讓人民安心生産。"我願去爲龍,爲雨膏八荒。"泉州久旱,無法耕作,幻想自己能變成龍,給各地農民以及時膏雨。

必須指出,清高自許,消極隱遁是蒲詩的局限性。

壽宬深受南宋後期盛行的永嘉四靈體和江湖派的影響,其詩特點是刻意煉字煉句,力求新奇險怪。如"青山寒似削"、"江心浮一寺"、"潮來天地寬",即是這樣的字句。不論思想内容或藝術成就,蒲詩在我國文學史上均非上乘之作。但《四庫全書提要》説它"頗有冲澹閑遠之致","在宋、元之際猶屬雅音","亦足以備一家"。陳垣也指出:"西域中國詩人,元以前唯蒲氏一人耳。"這些評價是正確的。壽宬以其文藝才華,揭開我國回族文學史的第一頁,是難能可貴的。其詩作對研究我國回族文學成就,瞭解宋末元初泉州社會,有一定的學術價值。

　　蒲壽宬詩集已佚，清乾隆中四庫館臣從《永樂大典》中輯出。此次即以文淵閣《四庫全書》本爲底本，依照《泉州文庫〈整理凡例〉》進行整理點校。補充説明二點：

　　一、原書封面及每卷開頭，時間與作者都寫"宋蒲壽宬撰"，按作者名字有"宬"、"晟"、"崴"三種寫法，學者考證，"宬"才是正確寫法，故本書均改爲"蒲壽宬撰"。

　　二、有的一首詩詞中又有分題多首，有的還將這些題名放在詩面。爲清眉目，本書均將這些題名移到前面。

　　由於點校者水平有限，本書整理點校，錯誤在所難免，敬希讀者、專家指正。

編　者

二〇一八年三月一日

圖書在版編目(CIP)數據

釣磯詩集/(宋)丘葵著;何丙仲點校.心泉學詩稿/(宋)蒲壽宬著;廖淵泉點校.—北京:商務印書館,2019
(泉州文庫)
ISBN 978-7-100-17577-7

Ⅰ.①釣… ②心… Ⅱ.①丘… ②蒲… ③何… ④廖… Ⅲ.①古典詩歌—詩集—中國—宋代 Ⅳ.①I222.744

中國版本圖書館CIP數據核字(2019)第115593號

權利保留,侵權必究。

責任編輯　閻海文
特約審讀　李夢生

釣磯詩集　心泉學詩稿
(宋)丘葵　(宋)蒲壽宬　著

商務印書館出版
(北京王府井大街36號　郵政編碼100710)
商務印書館發行
山東鴻君傑文化發展有限公司印刷
ISBN 978-7-100-17577-7

2019年7月第1版　　　　　開本705×960　1/16
2019年7月第1次印刷　　　印張10.25　插頁2
定價:58.00元